亓官增明　著

我从西方“色”来

亓官增明到此一游

我的确崇洋，但我不媚外。

是“小的”过时了？还是您“老”仍然活在过去？

普通人，并不普通。

通今博古，就是有心人！

人怕入错行，男女都一样。

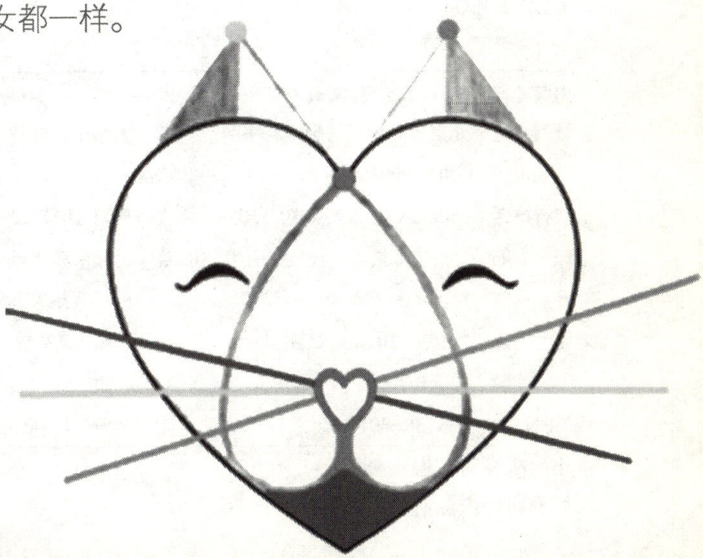

知识产权出版社
全国百佳图书出版单位

图书在版编目（CIP）数据

我从西方"龟"来：亓官增明到此一游 / 亓官增明著.—北京：知识产权出版社，2014.10

ISBN 978-7-5130-3079-3

Ⅰ.①我… Ⅱ.①亓… Ⅲ.①随笔—作品集—中国—当代 Ⅳ.①I267.1

中国版本图书馆 CIP 数据核字（2014）第 236021 号

责任编辑：雷春丽　　**封面设计**：SUN工作室

封面素材提供：青岛市市南区活力玫瑰商务行　　**责任出版**：刘译文

我从西方"龟"来——亓官增明到此一游

亓官增明　著

出版发行：	知识产权出版社有限责任公司	网　　址：	http://www.ipph.cn
社　　址：	北京市海淀区马甸南村1号	邮　　编：	100088
责编电话：	010-82000860 转 8004	责编邮箱：	leichunli@cnipr.com
发行电话：	010-82000860 转 8101/8102	发行传真：	010-82000893/82005070/82000270
印　　刷：	北京中献拓方科技发展有限公司	经　　销：	各大网络书店、新华书店及相关书店
开　　本：	880mm×1230mm　1/32		
版　　次：	2014年10月第1版	印　　张：	5.375
字　　数：	120千字	印　　次：	2014年10月第1次印刷
ISBN 978-7-5130-3079-3		定　　价：	69.00元

衷心感谢、祝福我的母亲

王剑华

前 言

我买书的习惯有两条：一是实用；二是看作者的年龄。

在我看来，作者的年龄一般要在45岁以上，因为我相信大部分比这个年纪小的人还需要进一步的锻炼和实践，才能够有丰厚的知识和社会阅历及经验来写书。我想我错了，我今年36岁，已经写了一本比较“实用”的书——《师夷长技以自强——我在加拿大的十二年》，这本书中很多自己的实际经验和阅历对部分老百姓来讲很“实用”。我的“虚拟”年龄对某些读者来讲应该是在60岁以上。为什么会这样想？

- 中国在很多方面的发展与发达国家的距离至少还有15—50年。
- 如果中国要成为真正的发达国家，至少还需要努力20—30年（我取的是15和50的中间值）。
- 在发达国家生活12年后回国，回国后在日常生活、办事习惯方面会自然而然地与国内进行比较，本书主要写的是比较后所产生的感悟。所涉及的具体内容主要是发达国家值得我们学习和借鉴的东西，对读者具有一定的实用价值。我认为，自己现在知道的东西对部分读者来讲要过20—30年后才有可能在国内亲身经历或体会到。
- 我对自己的虚拟年龄的算法是我的实际年龄36岁，加上25年的来自发达国家见闻的经验值，推出60多岁。25年，这个时间取的是20—30年的中间值。

我写这本书的目的：

- 为坚持走自己的路的人添一把干柴；
- 为有兴趣了解发达国家的读者拓宽一下思路；
- 与有计划生儿育女的父母分享一点信息；
- 为家有“代沟”问题的海归分享一下我对“代沟”的理解；
- 为正在被择业问题困惑的青少年提供一些实用信息；
- 为中国的“金融”知识和“实用”世界历史知识的普及尽一点力。

此外，这一本《我从西方“龟”来——亓官增明到此一游》和之前出版的《师夷长技以自强——我在加拿大的十二年》都存在几个共同目的，那就是希望：

有的人，可以通过这本书为自己创造财富。

有的人，可以通过这本书为自己省掉一些花销和烦恼。

再一次祝愿每位读者能够踩在我的肩膀上，看得更远、爬得更高！

亓官增明

青岛

甲午本命年

2014年7月7日

目　录

开　篇

工作、学习篇

生活篇

休闲篇

附　录

后　记

开　篇

第一章

打破人生中的恶性循环

——穷可以不过二代，富可以过三代

富有的家庭不一定长期富有，贫困的家庭不一定长期贫困；富有的家庭源于贫困，贫困的家庭源于富有，难道这是不发达国家和发展中国家的一个不可抗拒的循环吗？难道以创造为生的人类，不可以把这个恶性循环逆转吗？难道我们没有实力说“贫穷可以变成富有，富有也可以长久”这句话吗？

我认为，**溺爱**、**代沟**和**浮躁**是导致人生“恶性循环”的最重要的原因,但它们可以通过个人和家庭成员之间的共同努力得以改善。我坚信：富可以过三代，贫穷可以完全消失！

溺爱

——同祖父母辈分享一下我的看法

尊敬的祖父母们，请不要用“钱”把自家的希望“消灭”掉！

家家有本难念的经。与现在家里的“小皇帝们”的生存现状有关的闲话在这里就省了，总之，一句话，我认为懂教育的人，数不胜数，会教育的人，屈指可数。全世界都一样，不管您是被迫还是自愿带孙子，没几个人会教育孩子，要不然在中国满街跑的早都是“老子”和“孙子”了。

我对溺爱的定义

在孩子从幼年到成年的各个阶段的成长过程中，纵容孩子不做力所能及的家务；纵容孩子不遵守能够遵守的，成年人之间在社交方面的规矩；纵容孩子不具备衣、食、住、行方面良好的自理习惯。

溺爱可能造成的心理问题

在孩子的成长过程中，溺爱会造成他们对社会的认知过于片面，甚至扭曲。这种影响对孩子来讲是突如其来的，可能使孩子的性格在独立面对现实社会的时候，向极端的方向发展，与此同时，也会加剧孩子同长辈之间的代沟问题，以致隔代人之间无话可说，无事可做。

例如：十几二十年后，当饱受溺爱“折磨”的小皇帝们开始步入现实社会时，他们的心理要从不劳而获转变为劳有所得；从人人为我“转”，改成我为人人“转”；从万事如意到逆水行舟；从周围还是“好”人多，转为突然间“坏”人多了很多；从生活是美好的到生活中原来还是有残酷的一面，等等，进行一个彻头彻尾的、180 度的转变才可以让自己有能力在现实社会中生存下来。

小结：抽象点儿问，有谁见过“运行中”的任何物体有能力来一个180度的转弯，而又不会出现任何状况？最小的状况也会使这个在运行中的物体进行一小会的“紧急减速”，才能完成“转弯”这个动作。在竞争如此激烈的社会，“小皇帝们”对这种“紧急减速”有能力承受吗？有多少孩子在这种“紧急减速”和“转向”的过程中误入歧途，又有多少孩子在这个过程中被社会淘汰？

- 延续不劳而获的途径是什么？
- 延续人人为我的途径是什么？
- 延续万事如意的途径是什么？
- 延续周围就是好人多的途径是什么？
- 延续生活都是美好的途径是什么？
- 是不是每个孩子必须经历这个人生急转弯？
- 我们家长有没有能力将这个人生急转弯“提前”变为无数个安全的“小弯”？

在国外独立生活了十几年后，我彻底明白了生活也是一种技能，任何技能都是需要学习和实践才能掌握好的，父母在这方面所期待的“车到山前必有路”的想法是极其“残忍”的！很多家长根本意识不到“什么叫锻炼锻炼就好了”、“什么叫适应适应就行了”，这种家长们所期待的“好了”和“行了”的代价到底有多大，是家长们在万事万物超高速发展的今天能够预料得到的吗？是“手无寸铁”的小皇帝们能够负担得起的吗？……

▌溺爱可能造成的生理健康问题

因为溺爱而造成的孩子生理健康方面的问题有很多，从发育不良到营养过剩，应有尽有，在这里我要讲的是，孩子在“饮食”方面的生理健康问题，这是很多家长为了让孩子从小就养成健康的饮食习惯所需要掌握的实用常识之一。

挑食是孩子在幼儿、少儿时期比较常见、容易形成的“坏习惯”。根本原因是人在幼年时期的“味觉”比成年时期要灵敏得多，所以小孩“喜欢吃的”、有营养的东西很少，给大人的感觉他们对食物总是比较挑剔。在养成健康的饮食习惯之前，孩子更喜欢吃零食、甜食，这就容易形成以零食代饭的习惯，因而出现营养不良、体质下降等问题。

其中有两条内因：第一，在科技发达的商业世界里，所有的食品在研发期间都是经过大量顾客切身体验后，才被允许批量生产和销售。尤其是某些针对孩子的各式各样的食品、饮料等既没有实际营养价值又含有大量的盐、糖和油等成分的零食。也可以说，只要是针对孩子的零食，孩子在品尝后大都会赞不绝口。孩子吃的不是“食物”，而有可能是高价格、低成本的由各种化学元素组成的物质。顺便分享一个在食品、饮料等产品研发方面的词汇：focus group，它是用来定义“所有年龄段的自愿体验、尝试新产品的顾客”的商业术语。第二，长辈经常以“零花钱”的形式，纵容“自制力”和“鉴别力”有待成熟的孩子在零食方面的消费习惯。

尊敬的长辈，你们的“血汗钱”代表的是爱还是恨？你们是在用钱“打造”一个能够健健康康、独立生活的强者，还是一个等待被优胜劣汰法则“蹂躏”的弱者？

尊敬的祖父母们，下次想用钱“砸孩子”的时候，千万别客气，请一定给我个信儿，让我来承受这种痛苦。你们想怎么砸，就怎么砸，我保证不反抗！我不上地狱，谁上？顺便告诉您我在开曼群岛的银行账户是……

祖父母形成溺爱心理的根源

- 祖父母受过苦，现在有条件了，不可以再让孙子受苦，所以……
- 祖父母当年没有条件，没能保证父母在成长过程中不受苦，现在条件允许了，要通过孙子去弥补，弥补自己从前在当父母时没能力做的事情，所以……

“爱”的心理误区

从理性角度来分析，真正对子孙的爱是痛苦的，这种爱很少会带给祖父母和父母在心理上的舒适感。祖父母和父母在这方面追求的应该是“成就感”，是看见晚辈真正具备独立生活能力和成为强者条件时的“成就感”。

对子孙的“爱”让长辈产生不舒适或痛苦的真正原因有两条：其一，孩子是自己身上掉下来的肉，没有哪位长辈忍心看着自己的孩子受罪，但是为了他们能够在今后具备独立生活的能力，长辈现在必须对他们严格要求，协助他们在各个方面养成良好的生活习惯。其二，小孩的逆反心理是非常强烈的，在被要求做自己不想做的事情时，他们是不开心的、委屈的，而孩子逆反心理的表露更会让长辈不开心。

这里我想说说“好习惯”和“工作能力”的关系，其实中国的很多祖父母和父母都忽视了它们之间的关系。孩子幼年时期，如果能够养成一套爱整洁、讲卫生、爱劳动、勤劳动、自己的事情自己做的好习惯，会在孩子不远的将来“转变成”非常有价值的、实际工作中需要的能力。

- 能够同时“兼顾”多种工作（multitasking）的能力，也是我们常说的“多面手”。
- 能够拥有非常实用的时间观念，即合理运用时间安排日常生活与工作的能力。

好习惯是在幼年时期就可以具备的，能够在竞争如此激烈的国内外社会中生存的“强者的素质”之一。因此，即使在孩子感到十分委屈的时候，也要用适当的方法鼓励他们养成一套好习惯。

再加一句：我认为，学习好只能代表一种能力，有特长也只能代表一种能力，而好习惯却可以让人具备多种生存能力，对人生极有价值！

请你们一定要意识到，天伦之乐不是建立在拿孙子当宠物、天天逗你们自己开心的基础上。很多时候，你们对孙子的纵容是因为你们想让自己“活”得开心，你们让子孙开心的根本原因是自私的，只不过你们自己没有意识到罢了。

我讲这句话不含任何没大没小的成分，请不要误会。

怎么办，怎样享受天伦之乐？可以在有生之年多办下面的事情

祖父母可以带着孙子“走南闯北”，这是现在比较流行的、可以将自己的实用经验传授给孙子的方式方法。我认为，这也是最好的、效率最高的，可以让孙子学习知识、增长社会阅历的途径，从而满足全面发展和寓教于乐的目的。

在各方面条件允许的情况下，领着孙子去农场体验生活；去科技馆了解科技；去博物馆欣赏展览；去美术馆陶冶情操；去公园享受大自然；去动物园了解兽性；去菜市场学习常识；去商场了解时代；去厨房学习简单的烹饪；去洗手间学习个人卫生；去卧室学习干净整洁；去少年宫体验团队精神；去澡堂接触传统；去电影院放松心情；去酒店享受“奢侈”；去餐馆享受佳肴；去国内外旅游经历文明、道德以及世界风土人情等。知道吗？这是一些生活在发达国家的祖父母常用的、享受天伦之乐的途径。

在我看来，发达国家的祖父母不论贫富，都比中国的很多祖父母更懂得怎样享受老年生活；更明白**对后代的爱和责任不是在死后能够留给他们些什么，而是在生前能够与他们共同做些什么。**

进一步讲，时间、积蓄等社会上各方面针对老年人和儿童的折扣和优惠都是有利于祖父母辈与孙子辈共同活动和生活的有利条件。如果条

件允许，周末和假期就是既享受天伦之乐又传授人生经验的大好时机。这是不是一举两得？尤其是针对中国的双职工父母家庭，这是祖父母帮助父母弥补畸形生活方式给孩子造成不良成长环境的有效途径之一。

真心祝愿每一个勤劳、朴实的家庭，越来越和谐、越来越幸福！

溺爱的一个极端

在回国后的一年半中，我吃惊地发现，表面上“穷不过二代”的压力，正在以排山倒海的趋势从父母身上转嫁到孩子身上，实际上，这是因为“攀比”而造成的“面子”方面的问题！

这样那样的爱好班、技能班、弹奏班、专家班、成功班、比赛班、成名班、成才班、神童班等以史无前例的强度“侵袭”着普通家庭中的孩子。现在孩子身上的压力是我当年的n倍，孩子是在和谁比？这样比下去的意义有多大？

长辈们：你们到底想要什么，自己清楚吗？为什么你们明明知道：

- 全世界从小就参加演艺培训班的人有千千万，但是他们中能够在未来真正成为职业演员，以演艺为生的人少之又少，这种成功的比率和中彩票的几率是相似的；
- 全世界从小就参加乐器培训班的人有千千万，但是他们中能够在未来真正成为专业演奏家，以演奏为生的人少之又少，这种成功的比率和中彩票的几率也是相似的；

- 全世界从小就是运动员的人有千千万，但是他们中能够在未来真正成为职业运动员，拿奖牌的人少之又少，这种成功的比率和中彩票的几率更是相似的；

……

为什么你们还在不停地用钱“砸”自己的孩子？你们可不可以停下来，静下心来，仔细观察一下自己的孩子，问一问孩子到底想做什么？如果你们认为自己的人生都不够成功，甚至不成功，你们凭什么在孩子面前“猪鼻子插葱”装得像你们知道成功的道路在哪里一样？

如果你们的人生是成功的，那么你们当年成功的途径是孩子现在正在继承的吗，是孩子能够继承的吗，是对当今的社会可延续的、适用的、实用的成功途径吗？

请千万别生气，这几段刺耳的话其实都是我从内心深处跟自家的长辈讲的！我只不过是想分享一下自己小时候没敢吐露的一点“心声”而已。现在我的确翅膀硬了，所以在这里发泄发泄！

简单自我炒作一下，想当年我也被逼无奈参加乐器班——小提琴班。饭前、饭后练，周末、平日晚上练，没完没了不停地练，好在当时老师的确认为我有潜质，要不然还会没完没了地被长辈们……知道吗？请记住接下来的这句话：**“我现在连五线谱都不认识！”**

本人现在刚过 36 岁的生日，就我 36 年的国内、国外人生经验而言，我从心底里同意攀比，我渴望竞争，我就是为“竞争”这两个字而活的！我相信优胜劣汰、相信适者生存，我早就下定决心要成为人类中最优秀的动物！但是，我对攀比和竞争的理解与很多人不一样，同时，我现在的生活也确实是按照我所说的那样进行的。

如果说，在通往人生成功的道路上真的有捷径的话，那么和自己比就是成功道路上的捷径！这样自己从小到大的目标就是一成不变的，直线型的！因此，我认为一个人的终极攀比目标就是自己！为什么？原因很简单，当一个人成为世界第一的时候，成为世界上最优秀、最权威、最富有、最幸福、最独特的人的时候，这个人的下一个目标会是什么？会是谁？答案是自己，是自己今天比昨天做得好，明天将要比今天做得更好、更成功！所以，跟自己比是早晚的事，早做比晚做要好得多得多，省得迷失方向。

尊敬的长辈们：我同意教育子女是人生中最庞大、最复杂的工程之一，但是我相信除了不断地增强自身的文化素养外，只要能够“现实地”、“理智地”根据自身和孩子的有限资源而制订出的家庭教育计划，就是孩子们最需要的、最实用的计划。

我知道人生是短暂的，我确信你们也都知道人生是短暂的，可是你们中有多少人在自己渐渐老去的时候，能够同时真正意识到“孩子”的人生也是短暂的、有限的？他们只不过是比长辈晚出生几十年而已，虽然在长辈驾鹤后，晚辈仍旧可以在世间生存多年，但这并不等于他们的寿命比你们长！他们能够享用的时间和大家一样都在渐渐地消逝……

希望各位长辈真的能够生活得现实一点、洒脱一点，真的没必要坚持要求自己或者孩子达到“做人就要出人头地，做凤就要鹤立鸡群”的传统育人境界。其实，普通人能够活到今天，就足够证明我们并不普通！

代沟（generation gap）

——是“小”的过时了，还是您“老”仍然活在过去

代沟的定义

代沟一词源于西方，是谁将这个词翻译过来的我不清楚。《韦氏美语学习字典》对这个词进行了分解。

Generation：The entire group of individuals born and living at about the same time.（所有在同一时期出生和生活的个体）

Gap：

A break or opening.（一种破裂或开口）

An incomplete area.（一个不完整的区域或空间）

A wide or great difference between things.（事物之间非常宽大的、巨大的不同）

A great or wide disparity in attitudes，ways of thinking or seeing，character，or development.（差异巨大的态度、意见、主张、思路、看法、特性、发展）

根据维基百科，这个词的中英文定义如下。

中文定义：代沟是指两代人因价值观念、思维方式、行为方式、道德标准等方面的不同而带来的思想观念、行为习惯的差异。“代际冲突”即由这一差异而导致的两代人在解决问题的方式、评价问题的标准等方

面产生的分歧和矛盾。

英文定义：The generational gap is a term popularized in western countries during the 1960s referring to differences between people of younger generations and their elders，especially between children and their parents.（代沟一词在西方国家兴起于20世纪60年代，是指年青一代人和长辈之间所有形式的不同，尤其指孩子和父母之间的不同）

为什么提及代沟问题

首先，我要探讨的代沟问题局限于父母与成年子女之间。在我看来，明白代沟问题的重要性，找到解决代沟问题的方法，是一个家庭、一个家族能够把祖辈多年所积累的“实用的”（applied）、“无形的”（intangible）、“财富”（wealth）不折不扣地过渡到年青一代手中的重要一环。

其次，解决代沟问题的益处很多：

- 提高穷不过二代，富可以过三代的可能性；
- 解决代沟问题的方法可以成为代代相传的家族习惯，即怎样将自家的“实用的”（applied）、“无形的”（intangible）“财富”（wealth）完完全全地过渡到下一辈人手中的方法；
- 减少不必要的家庭矛盾。

我对代沟、代沟问题的定义

我对**代沟**的定义：“实用的”（applied）、“无形的”（intangible）

“财富”（wealth），即两代人各自拥有的在各个方面实用的、无形的财富。

我对**代沟问题**的定义：我白给你的“我的实用的、无形的财富”你不要；你给我的“属于你的实用的、无形的财富”我也不接受。

造成代沟问题的原因

第一，双方或者一方忽视了生命中不可抗拒的自然规律，即老一代人终将被年青一代人所取代，或年青一代人存在的终极目标就是要取代上一代人。

第二，双方或者一方忽视了人类本身残留的兽性。人类文明再发达，我们也是哺乳动物，哺乳动物成年后的第一自然反应就是父母与子女“相互地”、“不约而同”地开始“保持”距离，有时甚至主动制造“距离”，这也可以理解为人类在长大后，为成为一个完全独立的成年人所付出的“代价”。这种“做”成年人的代价使得父母和子女之间从“心理”方面到“行为”方面，几乎越“走”越远，而不是越“走”越近。

第三，双方或者一方太重视两代人之间存在的“血缘关系”。这种与生俱来的，在家庭“地位”上“无法改变”的“不平等”，导致两代人在沟通时不得不因为要顾及“父母和子女”之间的“传统的”“尊卑”和“面子”关系，而致使双方在沟通时不能以诚相待，直言不讳。我个人认为，这个“尊卑”很有问题！

第四，双方或者一方在沟通时忽视“时过境迁”的自然生活规律。

两代人之间用来沟通的基础和资源，即自身成长过程中赖以生存的物质基础和精神基础，都是对方所不能完全了解甚至无法接受的；或者说，大家的共同语言、共同文化、共同技能、共同喜好、共同人生目标不够多，甚至没有。

不知道你们意识到没有，中国在很多方面发展都很快，是名副其实的前无古国，后者难追的超高速发展，以致隔代人之间的代沟问题同发达国家老百姓相比较而言，可能早已是隔了好几代人之间的代沟问题，解决这个问题是一个工作量相当庞大的挑战！

给父母面对代沟问题的三点建议

第一，父母要明确自己在孩子的每个成长阶段中的责任和义务，坚决杜绝“孩子再大也是我的孩子”的思维和行为方式；一定要给自己一个时限，即到了孩子多大岁数我就完全不再插手他们的生活，除非孩子主动开口要求帮助。

在我看来，父母的责任和义务是“及时地”“协助”子女生活，从而可以让子女能够实现“自己”的人生价值，为自己奋斗；而不是“本末倒置”，父母从小就“控制”子女的生活，从而可以在孩子身上“延续”父母自身的人生价值，甚至是人生目标。请一定明白，这种“控制”就是“恶性循环”的开始。

对于家中可延续性发展的产业或祖祖辈辈一直从事的事业，科学化地“引导”、“鼓励”才是“传承”的根本。我相信，具备这种能力的父母，他们会尽早带着孩子实地了解全世界，了解现实社会，明白什么是“家族价值观”，明白除了寻求自我实现的人生目标以外，还要考虑是否“继承”家族事业，从而最终尽早作出“自己”的决定。

实地了解全世界的过程，是一个让人把“心”完全释“放”出来的过程，越早释放出来，就会越早“收”回去，“静”下心来，专注于自己的事业。这个有关“心”的放、收过程的作用，对于教育家族事业接班人的价值，可以参考拙著《师夷长技以自强——我在加拿大的十二年》里的一句人生感言：**“钱可以让人变得更有知识，知识可以让钱变得更有价值。”**培养特定的家族接班人所需要投入的人力、财力和物力是比较“昂贵”的。

是滴，如果真有钱“砸”的话，这才是砸钱的地方。

第二，在父母和孩子沟通时，双方应该完全忽略“血缘关系”，完全放弃“提放”心理、“爱面子”心理，毫无保留地以完全互信、平等的方式交流。交流和辩论的基础应该以实例和事实为依据，这才能达到将心比心，以心换心！避免在辩论“僵化”时用一些“老子吃的盐、过的桥……比……”等一些带有“忽悠”色彩的言语进行交流。

第三，父母一定要有牺牲精神，接受父母就是给孩子“垫背的”因果关系，把孩子“生出来”，你们就要负责！请想一想，如果子女不能够首先“踩”在自家长辈的肩膀上看世界，又能去踩谁？踩谁？

谁能愿意?

重申一遍，我是山东人，讲话一直很山东！请不要见怪~

给自己的几点建议

第一，需要"踩"长辈的时候，一定要注意方式方法，他们年纪大了，不抗折腾。

第二，坚持用"实际行动"证明自己，说到做到。

第三，坚持换位思考、逆向思维、适可而止和行孝为先的交流原则。

我确实见过有些父子、母女之间几乎没有任何共同语言，原因在于，子女们通过自己的努力，彻底摆脱了"父母"当年的成长、生活环境和思维方式，而且子女现在赖以生存的物质基础、精神基础同父母所拥有的几乎完全不同。例如，山沟里"窜"出来的"精灵们"（我是想说"精英们"），就有很多属于这种情况。简言之，他们出生在农村，成长在城市，所以……其实，改革开放后的几代人之间也有很多属于这种情况。社会进步得太快也使得家庭成员之间的代沟越来越深，尤其是在文化、科技方面。因此，在看清楚实际情况后，要做到"难得糊涂、得过且过"，解决不了的问题，就等于解决了。

最后这半句话是我父亲当年从一个大城市里学来的：解决不了的问题，就等于解决了。

慢半拍的“魔咒”

——我自己

从小到大，在很长一段时间里，我都有一种似乎被魔咒“保护着”的感觉，真的不知道是为什么，我总是感到自己在“慢半拍”的世界里挣扎！不管想到了什么，自己一查，晚了！有人已经想到了。不管做到了什么，抬头一看，又晚了！别人已经做到了。就连上公厕，都经常被人抢先一步，真是郁闷呀！真是感觉被这种生活“压”得喘不过气来，不知道“希望”到底在哪里，什么时候才能抢先一步，哪怕能够做到同步也好呀！

您有同感吗？

快三十岁的时候，我终于在“自己身上”发现这种慢半拍恶性循环的根源，更幸运的是，我可以根据自身的不良反应为自己解除“魔咒”。请不要担心，我不迷信，也不会宣扬迷信。

我自身的不良根源大体包括五个。

A. 浮躁。

B. 不了解自己的国家和世界。

C. 没有长远的人生目标，即择业问题还没解决（请参考本书第三章关于择业的讨论）。

D. 实用知识相当匮乏，无的放矢，表面上好像总是很忙的样子。知道吗？我年少时，当市面上有 BP 机的时候我用，有电脑的时候我家有，手机出来几年后我拿父亲的用，总之，当年我狗屁不是的时候，我总是看起来像“业务”很多，也很“忙”的样子。我自己都很佩服我自己，“演”得挺像！

E. 不具备审时度势的能力，没有踏踏实实地去了解与自己生活息息相关的社会、国家和世界的发展趋势。

A. 浮躁。

大学毕业后，我才明白浮躁这个词的“内涵”，而当时我已经二十七八岁了，之前我根本就不明白什么是浮躁，什么是静下心来做事情。说实在的，以我现在的语言表达水平，我只能讲：“浮躁是一种只可意会，不可言传”的概念，我没有能力给这个词定义。但是，我可以分享自己克服浮躁的方法。

读书、读书、读书！读书的习惯让我不再浮躁，让我懂得什么是静下心来做事情，尤其是在每次“读进去”的时候，我已经能够达到听不见任何事物，闻不到任何气味，完全感觉不到外界存在的境界，就好像我的精神与书里的精神在随着我的阅读进度一同前行一样，有一种超脱感。别误会，书呆子永远达不到我这种境界！

我所指的读书的习惯不是在学业和工作方面的硬性任务，而是读一些以自己的兴趣为指引的“实用”书籍，是前辈们用“心血”谱写和记录下来的、真正意义上的、可以转变成“有形资产”的实用知识。

如果有能力把A搞定，B、C、D、E就可以迎刃而解。

本章小结

循环有千万种，我最不需要的一种就是“恶性循环”，我的后代也不会需要这个循环！不论贫富，任何人、任何家庭都有可能在人生的不同阶段，面临各种“恶性循环”带来的挑战；但我坚信，不论贫富，任何人、任何家庭都有能力打破自己人生中的恶性循环，天底下没有不可能的事情，功夫不负有心人！

工作、学习篇

第二章

实用历史[1]

——The past is prologue（过去就是预言）[2]

在全职学生时期，我从未成为一名优秀的学生；在参加工作后，自学、自修的过程中，我也从未达到学者的境界。在这一章，我所要同您分享的不是哲学中的历史，不是理论中的历史，而是我通过在国内外多年生活、工作、学习的经验，总结出的一点对历史自身价值的浅薄认知。

巨人眼中的历史

下面这些文字节选自 Columbia University Press 于 1916 年出版的

---

① 本书中涉及的所有历史书籍全部可以根据书名在网上查找到，并可以免费下载。

② 此话来自2006年Leader to Leader秋季期刊，Leader to Leader is published quarterly by the Peter F. Drucker Foundation for Nonprofit Management and Wiley Subscription Services，Inc. Slogan：To lead social sector organizations toward excellence in performance.（Leader to Leader是Peter F.Drucker基金会旗下的一份出版物，其口号是引领社会各界迈向卓越！）

Frederick J.E. Woodbridge 的著作 The Purpose of History（《历史的目的和用途》）的第 1 页。

The serious study of history is characteristic of a certain maturity of mind. For the intellectually young，the world is too new and attractive to arouse in them a very absorbing interest in its past. Life is for them an adventure，and the world is a place for excursions and experiences. They care little about what men have done，but much about what they might do.

History，to interest them，must be written as a romance which will fire their imagination，rather than as a philosophy which might make them wise. But maturity，somewhat disciplined and disillusioned，confirms the suspicion，which even youth entertains at times，that the world，while offering an opportunity，hedges the offer about with restrictions which must be understood and submitted to，if effort is to be crowned with success. The mature may thus become eager to understand life without ceasing to enjoy it.

They may become philosophical and show their wisdom by a desire to sympathize with what men have done and to live rationally in the light of what is possible. They may study history，convinced that it enlarges their sympathies and promotes rational living.

中文意思：

对历史的一系列研究是人类思想成熟到一定阶段的表现。对于阅历浅薄、不够成熟的人来讲，当今的世界太过美幻、太过诱人，以至于他们不能够自发地产生对学习历史的浓厚兴趣。生活对他们来讲是一种冒险，世界对他们来说就是经历人生旅途的地方。他们对人类在未来将要做的事情的关心程度，远远超出了他们去学习前人已经实现、完成的事物的兴趣。

如果要让这些人对学习历史产生兴趣，那就必须将历史写得同罗曼史一样，把人们的激情燃烧起来，而不是写得富有哲理，让人增长智慧。成熟的人是受过教育、从幻想中摆脱出来的人。连小孩都能接受下面的这个现实一样：世界在赋予一个机会的同时，会相应地附加一些限制性的条款，如果想要为自己的努力带上成功的皇冠，就要了解和遵守这些限制性条款。正是因为这个道理，成熟的人才会渴望去了解生活，但同时又不会停止去享受生活。

成熟的人会变得哲学化，会利用自己的智慧去积极地从前人的经验中学习，从而使自己有能力活在现实。成熟的人会主动地学习历史，因为他们相信，学习历史可以增强自己的感知能力并帮助自己构建合理、现实的人生之路。

说这段话的人，是一位集哲学家、教育家、历史学家等于一身的巨人，我现在站在他的肩膀上，就不发表什么感慨了。因为刚刚确实想针对这个话题再写点什么的时候，突然，“东施效颦”这个词从我脑子里蹦了出来，所以……总之，祝愿读者能够体会到这个老外在一百多年前写下的这段话的含义。

此外，我知道我们伟大的中国也早有多位巨人讲过类似的话，但是，在这里我主要介绍西方巨人的一些实用思想。

我眼中的历史

我喜欢学习历史，尤其是实用历史。小心！我开始班门弄斧了！

实用历史这个词汇源于美国，英文是applied history。我认为，学习实用历史应采用“实用主义”的思维方式，取其精华，去其糟粕。尤其是主动学习发达国家在自身发展过程中积累的成功与失败的宝贵经验。术业有专攻，我的专业是商业，所以就找了一些商业方面的实用历史资料，来与读者分享我敬佩Frederick J.E.Woodbridge的原因。

（1）Happer & Brothers Publishers于1907年出版的Robert Kennedy Duncan的著作：The Chemistry of Commerce-A Simple Interpretation of Some New Chemistry in its Relation to Modern Industry（《化学和商业——化学原理与现代行业关系的一个简明阐释》）。

这本历史书记述的是，几十年来，化学在商业方面所起的作用，如：各种催化剂的应用、氮气的应用、稀土的应用、现代化学与玻璃制造、工业酒精的用途、化学与医药制造、香水制造，等等。

（2）Sir Isaac Pitman & Sons，Ltd于1920年出版的B.W.Poole的著作：The Clothing Trades Industry（《服装买卖行业》）。

这是英国有史以来第一本记录服装买卖行业的历史书，书中涉及定制服装的剪裁、批量生产服装的剪裁、服装熨烫、系统化剪裁等。

（3）The Vocation Bureau of Boston于1916年出版的Frederick J. Allen的著作：The Shoe Industry（《制鞋产业》）。

这本书记载的是，西方有关制鞋产业的历史，它包括西方的鞋的种类、制鞋厂的历史、制鞋工具与机器、鞋楦的制造、鞋模子的制造、皮革的应用、鞋厂的行政管理、制鞋技术、缝纫技术、组装成品技术、对鞋厂生产资料的管理以及各种专业词汇等。

（4）Houghton Mifflin Company 于 1918 年出版的 Roy Willmarth Kelly 和 Frederick J. Allen 的著作：The Shipbuilding Industry（《造船工业》）。

这本历史书记载的是，造船的全过程，包括船厂的种类、船的种类、从蓝图到成船的建造程序、怎样制造船的外壳、造船业对钢铁的需求、船厂的管理、怎样造木制船、怎样招收和培训员工、造船行业的未来展望等。

（5）F.W. Petch，Thacker & Co.，Ltd. 于 1929 年出版的 Khan Bahadur S.M.Hadi 的著作：The India Sugar Industry（《印度的蔗糖产业》）。

这本历史书记载的是，印度当时的蔗糖产业，包括甘蔗的种类、甘蔗的灌溉与培育、糖厂的榨糖过程、白糖的制作、离心机的使用、提炼技术、化学成分报告资料等信息。

（6）The Imperial Tokyo Sericulture Institute 于 1909 年出版的 I. Honda 的著作：The Silk Industry（《日本的丝绸产业》）。

这本历史书记载的是，日本的丝绸产业，包括丝绸产业在日本的历史、丝绸文化在日本的地位、日本丝绸行业的各种组织、怎样种桑树、怎样养蚕及防病、怎样抽丝、生丝买卖、野生蚕的简介等。

（7）The Macmillan Company 于 1918 年出版的 Charles Thom 和

Walter W.Fisk 的著作：The Book of Cheese（《奶酪全集》）。

这本历史书记载的是，所有与牛奶有关的奶制品的信息，包括牛奶成分分析、牛奶搅拌器、牛奶中凝聚物的制造、凝聚物的分类、奶酪的发酵与保存、硬奶酪、软奶酪、奶酪的成分分析、瑞士和意大利奶酪详解、其他奶制品、奶酪工厂的建设、机械设备与人事培训、美国奶酪产业简史、奶酪的品尝方法和销售等。

（8）Orange Judd Company 于 1913 年出版的 Merritt W. Harper 的著作：Management and Breeding of Horses（《马的饲养和培育》）。

这本历史书记载的是，在饲养和培育马匹方面的所有的知识，包括人和马的关系，怎样挑选马，马的用途，马的历史，马的年龄，马的育种，分布在全球范围内的 14 大类马种的简介及小型马、驴、骡子的相关知识，种马的饲养，母马的饲养，骡子的培育，驴的培育，马的蹄子、牙齿、毛发等的日常护理，马惊的原因和处理办法，马的饲料简介，马厩的建造和管理，政府相关的法律法规等。

（9）Best House in America 于 1889 年出版的由 L.J.Flowes 编辑的 13th Annual Illustrated Catalogue（《13 版产品图册》）。

这本历史书通过真实的图片记载了美国几千件设计精美的银器，包括各类茶壶、刀叉、杯具、盘子、碗、酒壶、茶壶、奶壶、水果盘、水果篮、油盐酱醋器皿、首饰盒、梳子、打火机、手表、钟表、怀表、匕首、拐杖、望远镜、钢笔、耳环、耳坠、项链、戒指、发簪、袖口、衣扣、手链、胸针、小雕塑、其他摆件等。

感叹一下：这是我一生当中见过的，最全的银器产品图册。各种产品的花样、款式设计可谓名副其实的应有尽有、美轮美奂、巧夺天工。

（10）Panama-Pacific International Exposition 于 1915 年出版的 W.E.Mason 的著作：Dogs of All Nations（《世界各国的犬类》）。

这本历史书记载的是，世界各国的狗的种类，含大量的真实相片及对每种狗的详细的描述。

（11）The Tea and Coffee Trade Journal Company 于 1922 年出版的 William H. Ukers 的著作：All About Coffee（《咖啡大全》）。

这本历史书记载的是与咖啡相关的所有信息，包括种植和饮用咖啡的历史、咖啡的培育和种植、咖啡植物学、咖啡豆的化学成分、咖啡对人体的作用、法国咖啡、英国咖啡、荷兰咖啡、德国咖啡、北美咖啡、咖啡馆、咖啡贸易、咖啡的批发与零售、咖啡的烘焙技术、咖啡与艺术、咖啡制作的器械和器皿、喝咖啡的传统与礼节等。

（12）Journal of Commerce and Commercial Bulletin 于 1896 年出版的 William Graham Sumner 的著作：A History of Banking In All The Leading Nations（《发达国家的银行史》）。

这本历史书，共三册，记载的是全世界各大国家的银行历史，这些国家包括美国、英国、法国、意大利、西班牙、荷兰、俄罗斯、加拿大、匈牙利、比利时、日本、中国等。

如果想开银行，说不定这几本书很有用处。

（13）Charles and Edwin Layton 于 1876 年出版的 Cornelius Walford 的著作：The Insurance Cyclopedia（《保险百科全书》）。

顾名思义，这本历史书是有关保险业的一本百科全书。如果您是买保险或卖保险的，说不定这本书对您有益处。

（14）Longmans，Green，and Co. 于 1907 年出版的 Henry W. Macrosty 的著作 The Trust Movement in British Industry-A Study of Business Organization（《信托在英国的动态——一份有关英国商业组织的调查报告》）。

这本历史书记载的是，信托在英国经济发展中的作用和影响。内容很惊人！

（15）Henry G. Bohn 于 1860 年出版的 Cyrus Redding 的著作：A History and Description of Modern Wines（《流行葡萄酒的介绍和历史》）。

这本历史书记载的是，葡萄酒的相关历史及信息，包括葡萄酒的历史、葡萄酒的种类、法国葡萄酒、西班牙葡萄酒、德国与瑞士葡萄酒、葡萄牙和大西洋群岛葡萄酒、意大利葡萄酒、匈牙利和奥地利葡萄酒、希腊葡萄酒、伊朗葡萄酒、非洲的葡萄酒、美洲的葡萄酒、葡萄酒储藏等。

如果您是葡萄酒经销商，您会不会对这本书感兴趣？

（16）The University Press 于 1809 年出版的 F.T.Bioletti 和 Geo. E. Colby 的作品：Olives（《橄榄》）。

这本一百多年前的作品记载的是，橄榄树的培育、橄榄树的疾病及预防、橄榄的采摘、橄榄油的制作等信息。

（17）John Murray 于 1893 年出版的 James Fergusson 的著作：A History of Architecture in All Countries from the Earliest Times to the Present Day（《世界各国的建筑历史——从最早期到现在》）。

这是一套图文并茂的历史书，记载的是世界各国的建筑风格，这些国家包括埃及、希腊、罗马、意大利、法国、德国、英国、西班牙、葡萄牙等。

如果您是搞房地产的或是学建筑学的，您会不会对这套书感兴趣？

（18）W.H.Allen & Co.，Limited 于 1896 年出版的 R. Bowdler Sharpe 的著作：A Handbook to the Birds of Great Britain（《英国的鸟类手册》）。

这也是一本图文并茂的历史书，记载的是所有在英国境内栖息的鸟类。

如果您是做宠物生意的，您会不会对这本书感兴趣？

（19）Macmillan and Co.，Ltd 于 1936 年出版的 Mitsubishi Economic Research Bureau 的研究报告：Japanese Trade and Industry–Present and Future（《日本工业和贸易行业的现状和未来》）。

这份 686 页的报告涉及的内容包括日本当年的经济现状及分析，日本各行业的发展背景，日本现有的各种资源，日本的资本状况，日本的行业发展政策，日本的渔业、矿业、棉花产业、丝绸产业、化工业、食品业、银行业、保险业等行业的简介等。

当年日本整个国家的状况可以通过这份报告得到详尽的了解。看到这里，您也许会问，有没有其他发达国家类似的历史报告？答案是：您说呢？

（20）Macmillan and Co. 于 1882 年出版的 Robert L. Galloway 的著作：A History of Coal Mining in Great Britain（《英国煤矿业的历史》）。

这本历史书记录的是，整个英国的煤炭开采业的历史。挺有意思！

说不定这本书对不发达国家的煤炭企业用处更大、更广。

（21）WM. Alfred Watson 于 1903 年出版的 A. Despeissis 的著作：The Handbook of Horticulture and Viticulture of Western Australia（《澳大利亚西部的园艺和葡萄园手册》）。

这本历史书记载的是，有关澳大利亚西部在园艺方面的实用知识与技术。很有情调的一本历史书！

试想一下，一百多年前和现在的植物变化和进化是不是基本上没有变化？那么，这本书对今天的园丁来讲是不是依旧很实用？想一下，流行的概念是不是经常反复？

回顾一下，上面所列举的所有这些书在今天是不是依旧很实用？

继续：

（22）Robert R.Ross 于 1919 年出版的 Hugo J. von Hagen 的著作：Graphology-How to Read Character From Handwriting（《笔迹学——怎样通过笔迹来判定人的性格》）。

这本历史书记录的是西方的笔迹学，全书分为二十多章，包括通过字迹的大小、形态、长短、上下、连笔方式等因素来分析写字人的一些特征、性格等。

哇！哦！原来老外也搞这一套，挺逗！有时间的话学一学，这也属于一技之长。

（23）McGraw-Hill Book Company，Inc. 于 1922 年出版的 Walter S. Hayward 的著作：Chain Stores-Their Management and Operation（《连锁店的经营与管理》）。

这本历史书记录的是，连锁店经营与管理的详细的、实用的知识。

具体包括采购、储藏、运输、保险、员工培训、店面管理、账目管理、竞争对策、定价策略等知识。案例包括工厂体系下的连锁店、连锁药店、连锁超市、连锁服装店、其他连锁店。

哦，原来是这样！精明的老外早在一百多年前，就已经在连锁店方面有了这样详尽、实用的经营教材。如果您是商人，或者想成为商人，会不会对这本书感兴趣？

总之，可以列举的、实用的历史书籍还有很多，如法律、工程、地理、行政、天文、语言、哲学、医药、动物学、植物学、数学等方方面面的实用历史资料。

现在，请读者想一想，学习实用历史是不是很有益处？

- 是不是可以帮助人们，尤其是还没有建立人生目标的年轻人？
- 是不是可以帮助人们活得脚踏实地一点？
- 是不是可以帮助人们创造财富？
- 是不是可以帮助人们改善生活？
- 有没有可能成为不发达国家和发展中国家老百姓在穷则思变或富则思变的时代达到更上一层楼的助推器？

我们可以创造历史，对！咱们可以创造历史！但是，前提条件是，咱们要学习历史！只有这样做，才有机会在历史身上剪“洋”毛！

是剪“羊”毛，还是剪“洋”毛？我拿不准，您自己定义吧~

我相信，如果您是老外，您从我这本书里依旧可以学到不少实用的东西，因为我知道即使是在发达国家，懂得和善于学习**实用历史**的人仍然是有限的。

如果您的老公或者老婆是中国人，如果他们可以翻译这本书与您分享，您是不是赚大了？

第三章

择业和金融知识普及教育

——为青少年解惑

我一生中最不想拥有的就是后悔！尤其是在自己花费了大量时间，采取了若干实际行动，却证明自己先前的计划或决定不适合自己的时候，所产生的悔意！这也许是因为自己在作出重要决定之前，虽然有能力、有精力、有体力去了解更加全面有效的信息，但为此却未做任何准备。

对于择业亦是如此，真的是男怕入错行，女也怕入错行！人生是有限的,有能力做事情的“黄金时间”也确实是有限的。在我年少的时候，择业这个问题困扰了我好多年,择业对我来讲真的是人生中的一道难题！自己对长大后具体要做什么，真的是摸不着头脑！但是，现在我找到了一个可以解决这道人生难题的方法。

下面就是结合自己十几年在发达国家的生活经验，总结出的确定择业目标的方法：**五步择业法**。

第一步：宏观定位，通过第一只手[①]，一个简化了的矩阵来了解社会的基本构成

每个国家有：一把手、财政部、人力资源部、公安部、卫生部、外交部、商务部；

每个省份有：省长、财政厅、人力资源厅、公安厅、卫生厅、外事厅、商务厅；

每个城市有：市长、财政局、人事局、公安局、卫生局、外事办、商务局；

每个学校有：校长、财务科、人事科、保安科、医务室、外事科、招生办；

每个单位有：老板、财务科、人事科、保安科、医务室、外事科、销售科；

每个社区有：区长、财务科、人事科、派出所、诊所、居委会等；

每个家庭有：长辈、晚辈。

由上面的“第一只手”推出一般的、简化的、跨国企业的基本构成模式：

跨国集团企业有：	首席执行总裁、	首席财务总裁、	首席运营官、	首席产品研发主管、	首席法律顾问；
下辖各国的集团企业有：	地区执行总裁、	地区财务总裁、	地区运营总裁、	地区产品研发主管、	地区法律顾问；
国内集团下属企业有：	总经理、	财务主管、	生产/销售主管、	产品研发主管、	代理律师事务所；
国内下属企业部门职员有：	经理助理、	会计、	生产/销售职员、	产品研究员、	律师；
大学和专科技校有：	管理学、	会计学、	营销学、	设计学、	法学等学科；

① 亓官增明：《师夷长技以自强——我在加拿大的十二年》，知识产权出版社2014年版，第43页。

另外，

每个创业初期的企业都有：	美猴王、	猴毛1、	猴毛2、	猴毛3、	猴毛4。

由上面的两个矩阵可以推出，整个社会的构成是一个矩阵式的、四通八达的"体"，这个"体"内的大部分行政部门和大部分企事业单位的构成都有类似之处。这些类似之处大体包括以下几个方面：

- 整个社会都由一个基本的平面管理框架构成。
- 社会中的大多数行业都沿用共同的管理框架在运行。
- 这个框架就叫"国家人力资源构成框架"，英文是 national occupational structure 或 occupational structure；在国内所对应的就是"中国职业分类大典"。
- 社会上大多数的职位都是共通的，也就是说，农村里有的职位，小城市里也有；小城市里有的职位，大城市里也有；工厂里有的职位，公司里也有；本公司有的职位，其他公司里也有；其他公司有的职位，很多学校里也有；学校里有的职位，部分政府部门也有；本国政府里有的职位，大多数外国政府也有……可以说，这种共性是"跳槽"和"挖角公司"的生命源泉，而对于择业不理想的人来讲，换工作是纠正择业失误或者实现自己理想择业目标的一个途径。
- 社会上的大多数职位都有它所对应的"高一级别"的管理人员。
- 社会上的每一个职位或者每一份工作都有它所对应的责任和职位描述（job description）。

- 社会上的大部分工种都可以在对应的学校里找到对应的学科和专业，从而可以进行各种理论知识的学习和实践，包括学习实际操作专业技能。

题外话

按大事化小[①]的道理推，成功创业难！成功创业同成功经营家庭所面临的挑战是相似的，也就是说，成功的创业者大多必须要在人手不够、资源不足的情况下，做到身兼数职、精打细算、神工鬼斧、神通广大和左右逢源，才有机会把自己的事业经营成功。

正是因为创业成功的艰辛，所以创业者不愿意卖掉“自己”，即使面临困境，收购者出的价比天高。同理，这也是某些创业成功的元老不愿意在明知“体力不支”、“头脑不活”的时候把“权力”交给其他人，哪怕是让自己家人接管的原因之一。我想这种与自己历尽艰辛所创造的事业之间分割的感觉，对于某些元老来讲，就等同于男性创业者同意把自己的老婆拿出来同别人共享、女性创业者同意把自己的老公拿出来同别人共享一样，难以让人接受！

创业四季

我认为，白手起家型的公司创业成功的过程可以用四个季节来形容，依次是冬、春、夏、秋，然后不停往复。

隐私共享，我回国创业的前提条件依次是以下 10 个。

① 亓官增明：《师夷长技以自强——我在加拿大的十二年》，知识产权出版社2014年，第150页。

（1）我想创业，有创业的欲望，外加父母身心康泰[①]。

（2）我对祖国未来十几年的实体经济发展前景充满信心，我的信心来源于自身的“真才实学”。我已经改掉“忽悠自己”的习惯。“忽悠自己”的意思是自欺欺人、不懂装懂。

（3）自己的专业是商科，拥有商科的基础理论知识。

（4）我拥有近十年的工作经验，包括各方面的基本办公管理经验。

（5）我阅读过大量的、实用的发达国家的商业报告、学术报告、书籍、新闻、各式范本等读物；此外，我还拥有一个“金融百宝箱”——我自己的电子书房。

（6）我对自己学过的东西的理解程度和深度十分自信；这种自信已通过各种实际行动“验证”，不是盲目的。

（7）我可以暂时寄居在父母的房子，衣食无忧；虽然有点脸皮厚，但这说明我的心理素质好。

（8）我经常锻炼身体，这种习惯不但可以为创业初期做好脑力和体力两个方面的准备，而且降低了因病不能为自己工作的“风险”。

（9）就算我创业失败，父母也会同意无偿地帮我疗伤，大不了，脸皮再厚一段时间。

（10）这一条对我来说也是最重要的一条！我所有的亲戚和朋友包括父母在内，都认为我的创业 idea 和个人能力不会有前途，没有希望成功。他们全部拒绝支持我，即使只是精神方面给一点积极的、口头上

---

① 我写这句话是在母亲检查出肺癌之前，在这里就不做改动了，我的创业战车已经启动，我的计划不会改变。

的祝福和鼓励。我所收到的只有忠告：你还不够成熟；你刚回国，还不懂现在国内的行情；你体会不到什么是竞争；你太嫩了，太理想化了，让老外“熏陶”得有点“那个了”；你简直就是个小孩；你……就凭你？你快算了吧你！我内心的想法是：“能够得到这样负面的、激烈的、可以让我“热血沸腾”的反馈信息，真是谢天谢地！如果连你们都能感觉出我的创业 idea 会成功，那我在创业中的投入肯定属于肉包子打狗型。”

读者们：我的创业 idea 暂时保密，不管成功与否，几年后我会再写一本书给自己和感兴趣的读者们一个交代。

我现在郑重地向全世界宣布：我的创业开始了，而且已经进入第一个“冬季”，总体感觉，确实有点“冷”，原来**高处不胜寒，低处也不暖和**……希望下次馅饼从天上掉下来的时候，能够砸在我的头上！最好是素馅儿的……待续……

对于有志创业的人，我要讲的是：我个人坚信中小企业会在未来的几十年造就中国经济主流文化，但是中小企业的淘汰率或者“除旧迎新”的进度和其所波及的范围也将是空前的。如果您有“基础”，现在正是创业的好时机，也是能够成全自己的好时机，即使总体创业的成功率依旧会在将来的几十年中，在低位小幅震荡。

第二步：微观定位，了解国家人力资源/职业构成体系和工作职责

以加拿大人力资源部在 2011 年颁布的、电子版的《国家职业分类

大典》(National Occupational Classification) 为例，我将从“框架构成”到“内部分类细节”简介这个发达国家的职业构成体系。

框架构成

英文：

NATIONAL OCCUPATIONAL CLASSIFICATION STRUCTURE

Skill type structure

Major group structure

Major and minor group structure

Major，minor and unit group structure

UNIT GROUP DESCRIPTIONS

0. Management occupations

1. Business，finance and administration occupations

2. Natural and applied sciences and related occupations

3. Health occupations

4. Occupations in education，law and social，community and government services

5. Occupations in art，culture，recreation and sport

6. Sales and service occupations

7. Trades，transport and equipment operators and related occupations

8. Natural resources，agriculture and related production occupations

9. Occupations in manufacturing and utilities

中文：

国家职业分类构成框架

技能种类构成框架

主要团体构成框架

主要团体和少数团体构成框架

主要团体、少数团体和单位部门构成框架

单位部门构成描述：从 0 至 9 分为十大类

0. 行政管理的职业

1. 商业、金融和经营管理的职业

2. 自然和实用科学相关的职业

3. 医疗健康的职业

4. 教育服务、法律服务、社会服务、社区服务和政府服务的职业

5. 艺术、文化、娱乐和体育的职业

6. 销售和服务的职业

7. 贸易、交通和操作机械相关的职业

8. 自然资源、农业以及相关的生产职业

9. 生产制造和水电行业的职业

内部分类细节

以职业编号为 4032 的“小学和幼儿园教师”的职业为例。

英文：

4032 Elementary school and kindergarten teachers

Elementary school and kindergarten teachers teach basic subjects such as reading，writing and arithmetic or specialized subjects such as English or French as a second language at public and private elementary schools.

Example titles

Elementary school teacher，English as a second language ; elementary school teacher，French as a second language ; French immersion teacher-elementary school kindergarten teacher ; primary school teacher ; remedial teacher-elementary school ; special education teacher-elementary school ; special education teacher-primary school ; supply teacher-elementary school ; teacher-librarian，elementary school.

Main duties

Elementary school and kindergarten teachers perform some or all of the following duties :

- Prepare courses for presentation to students according to approved curriculum.
- Teach students using a systematic plan of lessons，discussions，audio-visual presentations and field trips.
- Lead students in activities to promote their physical，mental and social development and their school readiness.
- Assign and correct homework.
- Prepare，administer and correct tests.

- Evaluate the progress of students and discuss results with students, parents and school officials.
- Identify children's individual learning needs.
- Prepare and implement remedial programs for students requiring extra help.
- Participate in staff meetings, educational conferences and teacher training workshops.
- May supervise teachers'aides and student teachers.

Elementary school and kindergarten teachers may specialize in such areas as special education or second language instruction.

Employment requirements

- A bachelor's degree in education is required.
- A bachelor's degree in child development may be required.
- Additional training is required to specialize in special education or second language instruction.
- A provincial teaching certificate is required.
- Additional certification is required to teach English or French as a second language.
- Membership in a provincial or territorial teachers'association or federation is usually required.

Additional information

Progression to education consultant or school principal is possible with experience.

中文：

职业简介

小学和幼儿园教师的职业是在公立或私立小学教授如阅读、写作和算数的基础科目，或者是教授特殊科目，如第二语言中的英语或法语。

职位名称范例

小学教师，英语第二语言教师；小学教师，法语第二语言教师；法语教师—小学和幼儿园；学前班教师；代课老师—小学；特教—小学；特教—学龄前；补课老师—小学；老师—小学图书馆管理员。

主要职责

小学教师和幼儿教师可履行以下部分或全部职责：

- 按照批准的课程大纲备课和准备课堂讲稿。
- 使用一个系统化的集授课、课堂讨论、音像演讲和实地勘察体验为一体的教学计划授课。
- 带领学生搞一些可以有助于身体、心理和社交方面健康发展的活动，从而激发学生学习的积极性。
- 布置和批阅课后作业。
- 准备和批阅考试试卷，外加监考。
- 综合考核学生的学习情况并及时同学生、学生家长和学校的上级沟通和汇报。

- 注意和确定每个孩子是否有特殊需要。
- 针对有特殊需要的学生准备和实施补课计划。
- 参加职员会议，教育型会议、培训和讲座。
- 可监督助教和实习教师。

补充说明：属于特殊教育或第二语言教育的小学和幼儿教师可以专攻以上工作。

从业资格要求

- 必须具备师范本科学士学位。
- 可同时要求幼儿发育专业学士学位。
- 专攻特殊教育和专业语言教育的老师，必须接受专业培训。
- 必须具备省级教师资格证书。
- 作为第二语言的教师，必须具备第二语言授课资格证书。
- 通常情况下，必须是省级或区域级教育协会会员。

附加信息

在一定的经验基础上，教师的升职和发展空间包括成为教育顾问或校长。

如上例所示，每个国家都有类似的国家职业分类大典。同时，在联合国的网站上也可以获得很多相关的、有价值的信息。所以，**读透、搞懂一个国家的人力资源构成体系**，就可以获得有关具体职业方面的名称、职位、职责描述、升职前景，甚至可以获得社会地位、收入范围等同个人“野心”息息相关的信息。

总之,《国家职业分类大典》中包含着与“自己”的兴趣和梦想相关的信息，与“现实社会”相对应的“职业”以及在“学业”方面的人生目标。及早找到“相对应”的信息是让自己的“梦想”与“现实”接轨的方法之一，也可以说，这就是通过实际行动赋予自己“梦想”以生命的催化剂。

如果您是创业者，可以参考这个职业体系建立起自己的人事管理系统。其中很多用词考究的定义和表达方式都可以照搬到人事招聘、企业管理等方面。

第三步：择业包括选择职业和选择学业

我认为，个人兴趣决定了职业方向，职业方向决定了学业方向。学业可以决定职业，职业也可以决定学业。职业和学业是不可分割的，所以选择学业和选择职业可以用一个词汇来表示，那就是择业。

以普通成年人的经验、阅历为准，我想大家都会接受以下几个有关择业的事实。

（1）在信息高度发达的今天，初中生完全有足够的资源、能力和人力决定自己将来从事什么职业，从而在进入高等院校前针对自己的择业趋向选定相应的专业，确定自己的学业目标。

（2）正确择业的流程是先确定理想的职业，再开始决定学业目标，然后就业。

总之，我认为早择业有以下益处。

对个人而言，早择业可以让一个人在生活中更早地做到有的放矢，增加拥有成功人生的几率。

对家庭而言，早择业可以让一个家庭更有效、更集中地使用自己有限的资源，减少不必要的资源浪费。

对国家而言，为人民提供早择业的实用信息，不仅可以使国民生活得更加稳定，让人民全身心地为自己的理想而奋斗；而且可以促进社会的稳定，提高人口综合素质，增强人民与国家之间的凝聚力。

第四步：掌握基础金融知识

金融知识简介

“金融知识”这个词汇，听起来很深奥，好像普通百姓遥不可及，这可能是因为大多数百姓都认为，只有富人、大企业家、金融专家、经济学家等才有资格谈论“金融”两字，其实不然。

以下是维基百科对金融知识的定义：

Financial literacy is the ability to understand how money works in the world ; how someone manages to earn or make it，how that person manages it，how he/she invests it（turn it into more）and how that person donates it to help others. More specifically，it refers to the set of skills and knowledge that allows an individual to make informed and effective decisions with all of their financial resources. Raising interest in personal finance is now a focus of state-run programs in countries including Australia，Canada，Japan，the United States and the UK.

中文意思是：金融知识就是明白“钱”在世界范围内是怎样运转和工作的；明白别人是怎样通过提供商品和服务来换取和争取到报酬的；明白别人是怎样理财的；明白别人是怎样通过投资来赚取回报的；明白别人是怎样通过钱来积德行善的。具体来讲，金融知识就是一套可以赋予一个人能够根据自身所有的资产而作出全面、有效的理财决定的知识和技能。现在，国民的个人财务管理能力已经日益受到澳大利亚、加拿大、日本、美国和英国等国家的重视，而且已经建立专项项目。

早在2000年左右，以上这些发达国家就以惠民为本，大范围普及基础金融知识。其实，政府向大众普及基础金融知识有下列“隐性”益处。

- 提高普通百姓甄别不良金融产品的能力。
- 提高优良金融产品被广大百姓接受的可能性，真正满足百姓“理财”的需求。
- 增强金融行业的公平竞争能力，使真正优秀的金融企业有更多的机会能够与普通百姓理财方面的需求有效地结合起来，做到互惠、互利或者说真正的“双赢”。
- 社会的稳定性、和谐性和向心力会大大地提高。①以现在从大街小巷里涌现的、琳琅满目的理财产品为例，在政府有效的监管措施基础上，当百姓得到政府提供的、免费的、实用的金融基础知识教育后再犯理财方面的错误，就不会怨天尤人，更不会迁怒于政府。简言之，百姓会接受自己犯错误，自己承担后果的理念。②个人破产的事例将会得到有效的控制。③农村和城市之间的文化差异会缩小。

- 提高择业的成功率，使更多百姓能够达到“干自己喜欢的工作，外加有人付自己薪水”的境界，同时，百姓也会从心底里感谢“为人民服务”的政府；就算不感谢，至少也不会埋怨政府在有能力、有实力的时候没有履行“为人民服务”的誓言。
- 民强，如果大多数中国百姓都能够掌握与时代同步的实用金融基础知识，那么中国距离民强的目标就会更近一步。

金融基础知识实例

在发达国家，普通百姓最常用的有关借贷、理财的数学定律包括下列几个。

（1）Doubling Time，即倍增公式，如下：

$$N(t) = C2^{\frac{t}{d}};\quad T = \frac{ln(2)}{ln(1+r)}.$$

（2）Rule of 72，即数字 72 的倍增定律。

（3）Rule of 70，即数字 70 的减半定律。

（4）Rule of 69，即数字 69 的倍增定律。

详解第二条：数字72的倍增定律

如果投资 100 元的年化收益率为 5.5%，那么用 72 除以 5.5 可得出

13，就是说这项投资在13年后会翻一番，变成200元。

同理，如果信用卡欠款100元，信用卡的年化收益率是12%，那么用72除以12可得出6，就是说如果借钱不还的话，6年后这项欠款会等同于200元。

◆ 详解第三条：70的减半定律

如果年通货膨胀率为3.5%，多长时间后100元的购买力会减半？

答案是：用70除以3.5，等于20年。

以上两种定律只适用于“纯傻瓜式”理财，事实上，还有很多由以上这两种定律推出来的更精确的计算方法，也包含在金融知识普及范围内，其他精确的算法尤其适用于数额在100元以上的投资或欠款。俺数学成绩从小学到大学确实都不理想，理财基础理论知识在这章就暂且普及到这里吧，有兴趣的话，您可以日后多关注一下这方面的小知识。

◆ 小结

如果要用一个词来概括当今中国老百姓对实用金融知识普及教育的需求程度，我会选“迫在眉睫”。

如果要用一个词来概括实用金融知识普及教育与中国老百姓日常生活的关系，我会选“息息相关”。

如果要用一个词来概括实用金融知识普及教育在民生和国运之间起到的作用，我会选“民富国强”。

感慨：金融知识普及教育也是发达国家青少年创业成功率相对发展中国家和不发达国家高的根本原因之一。老将巴菲特，最近也大力倡导金融知识普及教育！实际上，他早就以不同形式倡导推广国民的金融知识普及教育了。

第五步：杂七杂八

实地勘察

理论知识学得再牛也要通过实践来验证和加深理解，在没有正式参加工作之前，打零工、做义工、参加学校组织的企业文化游、参加院系组织的实习工作等，甚至动用自己家的“关系”，让自己能够有机会去实地勘察、体会和实践，做到真正的耳濡目染，就是寻找、确定择业取向的积极的开始。

尊敬的长辈，在这个问题上可真的是关系不用，过期作废，昂~

当然，还是拙著《师夷长技以自强——我在加拿大的十二年》中的那句话：敏感的设施和职业除外，国内外都一样。虽然我非常同意在择业准备上“动用”自家的“关系”，但是，好学，也是要有限制的！

兴趣和集思广益

我们在不同成长阶段对某些事物所产生的兴趣或者说某些事物对自己的“吸引力”，与我们的择业取向有着紧密联系，是我们择业灵感的来源之一；也是我们从小就被特意培养的、长大后所具有的思维、行为模式，即做人、做事的统一“程式”之一。家长“有预谋地”“强行灌输的”兴趣除外，我就是个活例子，曾经“被逼无奈”学习小提琴，现在……

在择业方面，我所赞同的是，长辈把所知道的有效信息，**及时**传输、提供给晚辈，真正让晚辈有机会结合学识作出“自己”的无悔的决定。坚决避免假借“集思广益”之名，实施“父母责，需顺承”的意图。

厉害吧，我还会一点《弟子规》，上个月刚学的。

人云亦云、随大流

我认为，今天择业的第一大忌和以前的一模一样，就是人云亦云，随大流！不论是传说中的冷门行业，还是社会上人们所八卦的热门行业；不论是高科技行业，还是“矮”科技行业；不论是国内的行业，还是国外的行业；千万别盲从！适者生存没错，但要首先确定的第一件事，就是适合“自己”，在择业方面要先“自私”一点，切切实实地站在自己的角度为自己想一想。在择业方面的决定，一定要坚持自私自利的原则！

攀比和面子问题

面子，多少钱一斤？什么是有面子的职业？我们是为了让别人羡慕而活着，还是为了让自己活得更好而活着？我们择业是为了让亲朋好友羡慕吗？

我给自己的答案：我就是目中无人，我的第一份工作“只”为成全我自己！

物质基础

我认为，在我们具备独立思考能力后，将我们的思维和行为方式改变的唯一因素就是：把“个人生存”和“个人兴趣”有效结合起来的物质基础。其实，就是“钱”，“钱”在我们人生中的某一个“决定性阶段”可能“颠覆”我们的一生，颠覆很多我们从小就一直崇敬的、坚持的、有实际价值的做人做事原则，这种颠覆是具有两面性的。如果普通人可以在人生的“决定性”阶段来到之前具备基本的、与生活息息相关的实用金融知识、择业知识，那么这种颠覆就可以有效地将我们所处的现实社会与自己的梦想结合起来；就可以将人生的坎坷程度减轻；就可以让社会变得越来越光明，真正充满正能量；就可以让大多数人达到“做自己喜欢的事情，还有人付给自己薪水”的境界；就可以让大多数人达到知足常乐的人生境界；就可以让大多数人明白“自己的今天比昨天过得好，就是最好的人生！”

职业可以分为三、六、九等

以加拿大的职业体系构成为依据，职业的确有“高、低”之分，但是这个成熟的发达国家现行的法律、法规和国民综合素质又保证了这种“高、低”之分不是以牺牲劳动者的人格、人权为代价的。虽然没有明文规定、官方定义，但是经验告诉我，人们从心里大多都会接受下面的这个隐性的有关高等职业的解释。

- 高等职业是为人类文明发展指明方向的职业，如各个领域的科研人员。

- 高等职业是为人类文明发展制订计划的职业，如各个领域的政策、法律、规划的制定者。
- 高等职业是在各行各业中普及传承各种知识技能的职业，如老师、教授和学者。
- 高等职业是勇于用生命来捍卫全人类的安危和权益的职业，如从事消防、治安、救生等职业人员以及抢险救灾中的军人和武警等。
- 高等职业不一定是收入最高的职业，但从事高等职业的人群的收入可以满足真正意义上的、来自生活各个方面的需求。

工作就是一种交易

工作就是自己争取到的，可以借助他人的资源和平台来为自己和他人谋利的交易。交易的初级代价是自己的脑力、体力、财力；中级代价是自己的家庭、家族的实力；高级代价就是自己的生命，甚至自己家人的生命。

公平交易是我们每个人从小到大所尊崇的做事原则之一，但是，很多人在刚开始从业的时候感觉不到什么是公平交易。是的，没错！你的感觉是对的，现实社会就是如此！但是，作为过来人，我认为明白以下三点，会让自己在心理方面迅速成长起来。

- 任何一个集体接受新成员都有一个磨合期，这个磨合期充斥着各种有理甚至“无理”的要求和挑战，新人要做的就是以实际行动证明自己。

- 实现公平交易的基础是：自己的付出和“单位或集体”给与的回报成正比！在大多数情况下，新人为集体创造的价值和集体在新人身上的付出是不成比例的，为接受和培训新员工，单位或集体的付出要多一些。因此，感觉到“不公平”是可以理解的，要注意的是，怎样将这种“阻力”变成提高工作业绩的“动力”。
- 留个心眼儿！全世界都一样，有些新工作不但没有升职加薪的可能，而且还是骗新人钱财的“陷阱”，如果感觉不对，首先要保护好自己，尽早撤出，寻找下一份工作。此外，很多单位都有喜欢“占”新人便宜、“揩”新人油的前辈，提高自身随机应变的能力对新人来讲也是很重要的。

机会主义和伯乐

对于“择业”，这个题目不用多解释了吧？我不相信伯乐！对我来说，期待伯乐的出现就是机会主义的一种表现，就是自毁前程的开始，就是不思进取的表现。以我个人的经验，在择业方面的期待、等待与停滞不前的意义是一样的，让别人发现自己，永远比不上让自己发现自己来得踏实！

对于有志向创业的人来说，只要自己有“真正的”实力，就可以做自己的伯乐，就可以成全自己。找准时机，行动第一。做自己的伯乐要比做他人的千里马“爽”很多！千万不要“等”、不要“拖”，任何伯乐都没有能力还你一个“逝去”的青春！

本章小结

择业是人生大事，不可儿戏。男怕入错行，女也怕入错行，是千真万确的！在选择职业问题上等待伯乐。不如做自己的伯乐；等待是消极的，行动才是积极的！

择业过程是一个非常复杂的过程，但是作出“适合”自己的择业决定对于每一个普通人来讲并不是什么高深莫测的难题，并不需要有预知未来的能力，需要的仅仅是时间、细心、自知和一点实践经验。同时，更要明白条条大路通罗马，“适合”自己的择业决定才是“正确”的择业决定，所谓正确的择业决定并不一定是“适合”自己的择业决定。我认为，对于做足准备工作的人来讲，类似于“计划没有变化快”的这种事情，在择业问题上是小概率事件！

我相信上面的五步择业法对很多人来讲都是实用的！

此外，为了“收入”而选择职业无可厚非，但是在收入“绰绰有余”的时候可以想一想“是不是可以额外为大众做点儿什么”，我不是说把您赚的钱拿出来“分一分”，而是说您可以为社会做点贡献！

读者若想进一步了解本章提及的金融知识普及教育，可参考下列信息

（1）University of Nevada Cooperative Extension 于 2009 年出版的

Behal, A. Patricia, Crites, M.Alice 和 Haldeman, A. Virginia 等人的著作：Money on the Bookshelf-A Family Financial Literacy Program Curriculum Guide (《书中自有黄金屋——家用金融知识普及教育大纲》)。

（2）Partnership for After School Education 出版的 Dollars & Sense：Building Financial Dreams(《钱和与钱相关的一切：创造自己的财富梦想》)。

（3）The Actuarial Foundation 于 2013 年出版的一套金融知识普及教育教材，每一个科目都包含学生用教材和教师备课指南。

- Building You Future：Banking (《创建属于自己的未来——银行知识》)。
- Building You Future：Financing (《创建属于自己的未来——财务知识》)。
- Building You Future：Investing (《创建属于自己的未来——投资知识》)。
- Building You Future：Succeeding (《创建属于自己的未来——综合实践运用》)。

（4）US Federal Reserve Bulletin 于 2002 年刊登的 Financial Literacy：An Overview of Practice, Research, and Policy (《金融知识普及教育：实践、研究和相关政策的综合情况》)。

（5）International Journal of Economic Sciences and Applied Research 1 刊载的 Tawfik, M. Samy, Huang, H. 和 Nagar, A.K. 的学术文章：Financial Literacy of Youth. A Sensitivity Analysis of the Determinants (《青少年对金融知识感知的敏感性分析》)。

（6）Australian Securities & Investments Commission 于 2011 年出版的 National Financial Literacy Strategy（《国家金融知识普及教育战略》）。

（7）Australian Government Financial Literacy Foundation 于 2008 年出版的 Financial Literacy-Woman Understanding Money（《金融知识普及教育——女性如何理财》）。

（8）US Council for Economic Education 于 2011 年出版的 National Standards for Financial Literacy（《国家金融知识普及教育标准》）。

（9）OECD-Organization for Economic Co-operation and Development 于 2006 年 7 月刊登的文章：The Importance of Financial Education（《普及金融知识教育的重要性》）。

（10）Wiley Publishing，Inc. 于 2010 年出版的 Tyson，Eric 的著作：Person Finance for Dummies 6th ed.［《傻瓜理财》（第六版）］。

第四章

感谢对世界作出贡献的人

——我的确崇洋，但不媚外

我在《师夷长技以自强——我在加拿大的十二年》一书中列举过很多有关老外是多么了解中国的宝贵书籍，在这里，我想补充的是，发达国家不仅对中国了解得细致入微，他们的视野是全球化的、宇宙化的。他们对整个世界、地球，甚至对宇宙的了解亦是如此。他们的人生观、价值观、世界观、**宇宙观**是非常值得发展中国家的人民学习和借鉴的。

现代的书籍

Cybertech Publishing 于 2007 年出版的 Donald F.Norris 的著作：Current Issues and Trends in E-Government Research（《当今电子政务调查研究的问题和趋势》）。

Springer Publishing Company 于 2011 年出版的 Catherine Mills 的著作：Futures of Reproduction Bioethics and Biopolitics（《未来的人类繁

殖——生物伦理学和生物政治学》)。

Springer Publishing Company 于 2009 年出版的 Engelbert Westkamper, Francesco Jovane 和 David Williams 的著作：The Manufuture Road-Towards Competitive and Sustainable High-Adding-Value Manufacturing (《制造业之路——向着有竞争力的、可持续的、高附加值的制造业发展》)。

Springer Publishing Company 于 2007 年出版的 Nick Kanas 的著作：Start Maps-History，Artistry and Cartography (《星象图的历史、艺术性和绘制方法》)。

Springer Publishing Company 于 1993 年出版的 Walter Toman 的著作：Family Constellation-Its Effects on Personality and Social Behavior 4th ed. [《家族兴旺对家庭成员的性格和社交行为的影响》(第四版)]。

Quentin Wells 于 2009 年出版的 Larry Main 编辑的 Guide to Digital Home Technology Integration (《家用数字技术一体化指南》)。

CRC Press 于 2007 年出版的 Gail S. Anderson 的著作：Biological Influences on Criminal Behavior (《生物学和犯罪行为的关系》)。

CRC Press 于 2011 年出版的 Wilamowski M. Bogdan 和 J. David Irwin 编辑的 The Industrial Electronics Handbook-Intelligent System 2nd ed. [《工业电子手册——智能系统》(第二版)]。

IOS Press 于 2006 年出版的 Tamio Arai，Rolf Pfeifer，Tucker Balch 和 Hiroshi Yokoi 联合编辑的 Intelligent Autonomous Systems 9 (《智能自动系统 9》)。

McGraw-Hill Companies，Inc. 于 2003 年出版的 Gordon McComb 的

著作：Robot Builder's Sourcebook（《机器人制造信息大全》）。

Praeger Publisher 于 2007 年出版的 Gregory S. Smith 的著作：How to Protect Your Children on the Internet-A Road Map for Parents and Teachers（《怎样在互联网时代保护好你的孩子——家长和老师的手册》）。

CAB International 于 2006 年出版的 Jack Carlsen 和 Stephen Charters 共同编辑的 Global Wine Tourism-Research，Management and Marketing（《世界葡萄酒文化旅游产业——调研、管理和市场营销》）。

Elsevier 于 2007 年出版的 David Walters 的著作：Designing Community-Charrettes, Masterplans and Form-Based Codes（《社区设计——专家研讨会、总体规划和房屋建造标准》）。

Palgrave Macmillan 于 2010 年出版的 Ilan Alon 的著作：Franchising Globally-Innovation, Learning and Imitation（《连锁专卖全球化——创新、学习和模仿》）。

Oxford University Press 于 2007 年出版的 Sarah Toulalan 的著作：Imagining Sex-Pornography and Bodies in Seventeenth-Century England（《性幻想——英国 17 世纪的人体和色情》）。

Oxford University Press 于 1995 年出版的 Irving A. Spergel 的著作：The Youth Gang Problem-A Community Approach（《青少年帮派犯罪问题——一个从社区角度出发的对策》）。

Omnigraphics 于 2010 年出版的 Karen Bellenir 编辑的 Cancer Source Book for Woman 4th ed.［《女性癌症信息大全》（第四版）］。

The University of Chicago Press 于 2009 年出版的 Noel Kingsbury 的

著作：Hybrid-The History & Science of Plant Breeding（《杂交——植物杂交科学及其历史》）。

Princeton University Press 于 2002 年出版的 Rakesh Khurana 的著作：Searching for a Corporate Savior-The Irrational Quest for Charismatic CEOs（《怎样为企业寻找救星——寻找魅力超凡的 CEO 的不寻常的途径》）。

Oxford University Press 于 1996 年出版的 Elizabeth Aries 的著作：Men and Women in Interaction-Reconsidering the Differences（《重新认识男人和女人交流方式的不同》）。

Oxford University Press 于 1988 年出版的 Jeffrey Sonnenfeld 教授的著作：The Hero's Farewell-What Happens When CEOs Retire（《英雄的辞别——CEO 退休后会做什么》）。

Penguin Books 于 1981 年出版的 Roger Fisher 和 William Ury 的著作：Getting to Yes-Negotiating Agreement Without Giving In（《怎样达到“Yes”——怎样在谈判中多办实事少妥协》。

Chartered Institute of Public Relations 于 2007 年出版的 Stuart Thomson 和 Steve John 的著作：Public Affairs in Practice-A Practical Guide to Lobbying（《实用公共关系常识——游说政府指南》）。

Gower Applied Business Research 于 2011 年出版的 J.Marilyn Davidson 和 Ronald J.Burke 的著作：Women in Management Worldwide-Progress and Prospects（《全球在管理层任职的女性的职位晋升与前景展望》）。

Praeger 于 2010 年出版的 Carole A. Rayburn，Florence L. Denmark，Mary E. Reuder 和 Asuncion Miteria Austria 联合编辑的 A Handbook for Women Mentors：Transcending Barriers of Stereotype，Race，and Ethnicity（《给女性的一本指导手册：超越刻板说教、种族和族群》）。

Business Plus 于 2004 年出版的 Lois P. Frankel 博士的著作：Nice Girls Don't Get The Corner Office 101-Unconscious Mistakes Women Make that Sabotage Their Careers（《优秀的女孩不会在职场上失败——女性不经意间犯的毁坏自己事业的错误》）。

CAB International 于 2009 年出版的 Robert Maitland 和 Brent W. Ritchie 的著作：City Tourism-National Capital Perspectives（《城市旅游业——国家首都旅游业展望》）。

Princeton University Press 于 2008 年出版的 Bee Wilson 的著作：Swindled-The Dark Side History of Food Fraud，From Poisoned Candy To Counterfeit Coffee（《食品欺诈——从有毒糖果到假冒咖啡等食品欺诈的黑色历史》）。

题外话

谈到假冒伪劣产品这个话题，我不得不说，对于善于学习发达国家执法经验的我国相关专项执法公务人员来说，奸商“再奸都是幼稚的，再坏都是愚昧的”。希望奸商明白，你们肮脏的把戏对很多专业人士来讲，就像是三岁小孩在试着欺瞒三十岁的成年人，你们的路还能继续走多远，大家都很清楚。

货真价实、公平交易才能对得起自己和顾客，才是长远之计，才不会被外国顾客和来自国外的市场调查员耻笑！读过老外市场调查员在中国取证后撰写的报告没有？除了“搞笑”这个词，我实在找不出其他合适的词来形容奸商的"智慧"！连造假时都还要"偷工减料"，你们能不能有点"敬业精神"？能不能有点"风险管理"意识？你们是不是有好些次造假、贩假时连成本都收不回来？即使还没有被执法人员发现。希望你们明白：做人要厚道，真的！

近代的书籍

Williams and Norgate 于 1867 年出版的 Herbert Spencer 的哲学著作：First Principles（《基本法则》）。

Clarendon Press 于 1897 年出版的 L. A.Shelby-Bigge 编辑的作品 British Moralists，Being Selections from Writers Principally of the Eighteenth Century（《18 世纪英国的道德家作品选读》。

Liberty Fund 于 1981 年出版的 Harold E. Batson 翻译的 1912 年的 Von Ludwig Mises 的著作：The Theory of Money and Credit（《钱和信贷之间的原理》）。

Riverside Press 于 1949 年出版的 Laurence R. Campbell 和 Roland E. Wolseley 的著作：Newsmen at Work-Reporting and Writing The News…（《新闻工作者的工作——报道和撰写新闻等》）。

Washington：Government Printing Office 于 1911 年出版的 J.Riesser 博士的著作：The German Great Banks and Their Concentration in connection with The Economic Development of Germany（《强大的德国银行业在德国经济发展中的作用》）。

Macmillan And Co. 于 1880 年出版的 J. J Stevenson 的著作：House Architecture（《住宅建筑学》）。

The Riverside Press Cambridge 于 1918 年出版的 Benjamin Ives Gilman 的著作：Museum Ideals of Purpose and Method（《博物馆的主题和运营》）。

Albert Morance 于 1922 年出版的 Paul Vitry 的著作：The Louvre Museum（《卢浮宫博物馆》）。

British Museum 于 1899 年出版的 A Guide to the Department of Greek and Roman Antiquities in the British Museum（《大英博物馆的希腊馆和罗马馆的文物简介》）。

Orange Judd Company 于 1921 年出版的 Lucius Van Slyke 博士的著作：The Science and Practice of Cheese-Making（《奶酪制作的实践与科学》）。

Orange Judd Company 于 1913 年出版的 Merritt W. Harper 的著作：Management and Breeding of Horses（《马的饲养和繁殖》）。

Doubleday，Page & Company 于 1907 年出版的 E. V. Wilcox 博士的著作：Farm Animals-Horses，Cows，Sheep，Swine，Goats，Poultry Etc.（《农场家畜大全——马、奶牛、绵羊、猪、山羊、家禽等》）。

The Tea and Coffee Trade Journal Company 于 1922 年出版的 William H. Ukers 的著作：All About Coffee（《咖啡的种植和销售》）。

U.S. Department of Agriculture 于 1905 年出版的 L. M. Tolman 和 L. S. Munson 的著作：Olive Oil and Its Substitutes（《橄榄油和它的替代品》）。

The Amalgamated Press 于 1933 年出版的 Clarence Winchester 编辑的 The World Film Encyclopedia-A Universal Screen Guide（《世界电影百科全书——世界银幕手册》）。

George Routledge & Sons，Ltd. 于 1919 年出版的 Fred.W.Burgess 编辑的 Antique Jewellery and Trinkets（《古董首饰和小装饰物》）。

Singer，B 于 1913 年出版的 Trade Mark Laws of the World and Unfair Trade（《世界各国的商标法和不平等贸易》）。

The Bobbs-Merrill Company 于 1920 年出版的 Frank Henius 的著作：The ABC of Foreign Trade（《国际贸易 ABC》）。

Leipsic Karl Baedeker 于 1903 年出版的 Karl Baedeker 的著作：Norway，Sweden and Denmark-Handbook for Travellers（《挪威、瑞士、丹麦旅行手册》）。

Robert R. Ross 于 1919 年出版的 Hugo J. Von Hagen 博士的著作：Graphology-How to Read Character From Handwriting（《笔迹学——怎样通过笔记来判断人的性格特征》）。

J. & A. Churchill 于 1888 年出版的 Charles H. Fagge 和 Philip H. Pye-Smith 医生的著作：The Principles and Practice of Medicine（《医学理论与实践》）。

Henry Holt and Company 于 1918 年出版的 Henry C.Adams 博士的著作：Description of Industry-an Introduction to Economics(《产业描述——初级经济学介绍》）。

Bankers Publishing Company 于 1909 年出版的 Clay Herrick 的著作：

Trust Companies-Their Organization，Growth and Management（《信托公司的组织、发展和管理》）。

Moody’s Investors Service 于 1917 年出版的 John Moody 的著作：Moody’s Analyses of Investments-Steam Railroads（《蒸汽机车运输业的穆迪投资分析》）。

The Fitch Publishing Company 于 1919 年出版的 The Fitch Bond Descriptions-Descriptions of all Important Corporation and Railroad Bond Issues of the United States and Canada（《惠誉债券诠释——美国和加拿大所有重要的企业债券和铁路债券的发行》）。

想一想、算一算

学习、研究、论证、模仿、创新、利用、记载和宣传上面所列举的这些事物，可以惠及世界各国人民，我们是否应该从心底里敬佩和感激这些前辈？**我们是否应该“接受”这样一个事实：一个国家、一个企业、一个小家、一个人“现阶段”拥有的“钱”的多少，仅仅是衡量他们文明程度的千万个尺度之一！如果把整个人类文明发展过程比作一个轨道，中国现在的表现对于这个轨道来讲是否仅是一个点？**

当然，为了避免崇洋媚外式的盲从心理，我首先要肯定的是，中国人民对世界的贡献是举世瞩目的，中国有能力做到自力更生；但应意识到，与强者合作和向他们学习时，应该秉持不卑不亢、坚持不懈、实事求是、小心谨慎的原则。

本章小结

任何一个向着文明方向发展的国家、集体和个人，都应该坚决避免容易使人产生误会的言行和举止，尤其是采用类似于“农民翻身，比地主更狠”的发展方式，哪怕是玩笑话，也应该少用，最好不用。这也是我所理解的发达国家人民比较担心的、敏感的、不愿意看到的未来的一面。

我认为，铭记自己的奋斗史，坚持“己所不欲，勿施于人”的原则，是任何个体走向富强道路的挑战之一，也是友善崛起的人民需要让更多的世界人民来了解的努力方向之一。

我相信，中国是一条醒了的、脾气温顺的龙，但我更愿意相信，中国是一只独一无二的、深受大众喜爱的、有多种知识和头脑的、强壮的、长有伶牙俐齿但又不会伤人的、以紫竹为生的食草动物——大熊猫！

第五章

换位思考与逆向思维

——灵活思维的真谛

我相信，为人处世的要点之一就是懂得和能够灵活运用换位思考和逆向思维这两种思维方式。

再重复一遍：我坚信换位思考和逆向思维是任何人在任何地方谋生存所必须具备的两种思维方式。

任何不懂得换位思考和逆向思维的人，都很难使自己的人生达到一帆风顺的境界，尤其是针对生活、学习和工作在不同文化氛围和不同时代里的人们。

什么是换位思考、逆向思维

换位思考就是站在对方的角度或立场上考虑问题。例如，如果我是你，我会怎样想、怎样做。

逆向思维是用完全相反的方式思考或衡量事物。例如，当别人问“为什么”的时候，你会想别人为什么不问，“为什么不”？

此外，我认为，人与人之间相互理解能力的大小取决于其能否综合运用换位思考和逆向思维。试举把两种思维方式结合起来用的例子：当别人问“为什么会这样”的时候，你会问自己“为什么不这样”。您能够在第一时间明白这个例子的意思吗？在现实的人与人的交往、较量过程中，如果能够综合运用换位思考和逆向思维，那么在各方面就能达到更高的层次。我在这里谈及的较量局限于头脑之间的较量，不含任何暴力因素。

换位思考和逆向思维的益处，以家庭关系为例

在日常生活中的婆媳关系、夫妻关系、父子关系、母子关系、祖孙关系等家庭内部和两个家庭结合后的家庭成员之间的各种矛盾所带来的负面影响，是可以通过“理解”来有效避免和降低的。我现在主要用以下几个步骤来处理家庭关系。

第一步：做到自知和换位思考。

从宏观方面理解，家庭成员之间矛盾的源泉是各自人生观、价值观乃至世界观的不同。

从微观方面理解，诸如隔代人之间存在代沟问题，各家长辈对家族后代的期望值不同，各家人之间的饮食习惯、财富观、消费观、交际圈、教育背景、卫生习惯、着装习惯等不同。

题外话

我相信爱情，但我也相信**真正的**门当户对对家族兴旺极其重要。

第二步：无私，灵活运用换位思考和逆向思维。

无私就是在同家人沟通的时候，完全不去顾及自己的、所有的利益，当然包括有形的和无形的，如自己的财务、名誉、面子等的得失及后果。

我知道，十年前中国就有很多家庭已经做到了这一点，但大多是中产和中产以下的家庭。

说实在的，回国后的一年半里，我饱受父母在精神方面给我的“折磨”，尤其是父亲，我们之间经常会出现“勾心斗角”的情况，从饮食、着装、卫生甚至我们彼此的婚姻生活。我们之间发生的正面较量包括：

相互指责，看谁以前犯的错误多，结果我们俩不相上下。

相互显摆之一，看谁知道的东西多，我略占上风。

相互显摆之二，看谁的现有财产多，活得现实，我没房、没车，暂时被定位在“啃老族”。

下象棋，父亲胜多负少，但他经常悔棋。

父亲经常用来“打击”我的话是：“你和我不一样，你多能？！你是在‘家里’干大事儿的人！”

我的回答是：“那可是！您才知道啊？”

磨合！在这段磨合的日子里，我不断试探着走回过去；试探着了解父母；试探着妥协；试探着前进；试探着沟通；试探着走进父母的内心世界；试探着通过父亲可能接受的方式，来用自己的实际行动证明自己……

幸运的是：父亲变了，开始像我一样说话“没大没小”；开始接受我“幼稚的执着”和“做事的恒心”；开始不再经常用言行刺激我；开始慢慢相信我，不再总是试着去改变我；开始慢慢支持我，支持我去实现自己的梦想……父母又一次在我的人生旅途中，从站在我的对面“改为”站在我的背后。我的“贪婪”又一次有条件地得到了满足！我想，能够有这样的结果，肯定是我们能够做到逆向思维和换位思考的缘故吧！

灵活思维的真谛：开开窍

把生看成死（live is dead）。

把好看成坏（good is bad）。

把少看成多（less is more）。

当我开始安排一天工作的时候，我想到的是怎样结束一天的工作。

当我买东西的时候，我想到的是怎样去卖东西。

当我住酒店的时候，我想到的是怎样去经营酒店。

当我被雇用的时候，我想到的是怎样去雇用别人。

当我被炒鱿鱼的时候，我想到的是我学到了怎样炒别人鱿鱼的方式。

当我拍老板马屁的时候，我想到的是别人拍我马屁时的心理状况。

当别人让我下不来台的时候，我想到的是如果我对别人做同样的事情，别人会有多难受。

当我被骗的时候，我想到的是怎样去骗别人。

开个玩笑，坚决不提倡~

因此，我相信，当自己不只是站在自己的立场上考虑问题的时候，就是自己可以做到举一反三的时候；就是自己开始理解他人的时候；就是自己真正开始融入社会的时候；就是自己具备走自己的路、做自己的事的条件的时候。

冲出死板的思维模式，我们是否一定要接受现实

- 刷牙一定要用牙膏吗？
- 做饭一定要用油吗？
- 如果红木家具值钱的原因是“红木稀有”，那么在过去的十年里，为什么红木家具店越开越多？
- 是一盒高级滋补品含的营养丰富，还是同等价值的、市场上随处可见的鸡、鸭、鱼、肉、蛋、水果、蔬菜含的营养多？
- 只有咖啡含咖啡因吗？
- 习惯了把钱包放在左边的人，为什么不试着把钱包放右边？
- “重男轻女”的思想是不是成就“阴盛阳衰”的源泉？
- 对牛弹琴是不是自作多情？

天将降大任于斯人也！

物以类聚、人以群分就是要找共性，熟能生巧、十拿九稳就是要找规律。只有善于观察、思考、变通的人，才有机会在社会上运用自己的真才实学施展才华，才有机会走自己的路不被其他因素所左右，才有机会为自己的未来创造机会！

如果一个有知识的人头脑灵活，那么这个人的一生可能过得如鱼得水。

如果一个有知识的人思维古板，那么人生就会处处存在枷锁。

对逆向思维和换位思考这两种思维方式感兴趣的读者可参考以下读物

（1）Martinus Nijhoff Publishers 于 2005 年出版的 Raymond Saner 的著作：The Expert Negotiator-Strategy，Tactics，Motivation，Behaviour，Leadership（《谈判专家——策略、战术、动机、举止、领导力》）。

（2）Cambridge University Press 于 2003 年出版的 Gerald Matthews，Ian J. Deary 和 Martha C. Whiteman 的著作：Personality Traits（《性格特征》）。

（3）The Belknap Press 于 2002 年出版的 Howard Raiffa 的著作：Negotiation Analysis-The Science and Art of Collaborative Decision Making（《谈判解析——共同协作做决定的艺术和科学》）。

（4）Open University Press 于 2010 年出版的 Cathrine V. Jansson-Boyd 的著作：Consumer Psychology（《消费心理学》）。

生活篇

第六章

普通人并不普通

——人生中，充满风险

我所理解的风险就是，任何可以左右或改变我们心理、生理、生活、工作、经济状况的有形或无形的不稳定因素。任何一个人能够平平安安、健健康康地从一个受精卵成长到壮年再至老年所要面临的风险多如牛毛、举不胜举。

人生中充满的各种风险

日常生活中所面临的风险

出生前被引产的风险。

出生前发育缺陷的风险。

生产时难产的风险。

母亲产前产后患忧郁症的风险。

婴儿期患各种疾病的风险。

幼儿期患各种疾病的风险。

注射疫苗过敏致死的风险。

成年后患有各种疾病的风险。

患病时被误诊的风险。

患病时药物中毒的风险。

没钱治病的风险。

没病时，因身体器官衰老而致死的风险。

吃饭被噎死的风险。

喝水被呛死的风险。

食物中毒的风险。

家庭失火被烧死的风险。

过马路被撞死的风险。

登山游玩坠山而亡的风险。

游泳溺水的风险。

乘坐交通工具出事故的风险。

欠债不还被债主暴力追债的风险。

生活压力过大而发生各种不良状况的风险。

被恋人抛弃的风险。

被子女抛弃的风险。

被父母抛弃的风险。

老无所依的风险。

家庭破裂的风险。

其他家庭成员之间产生矛盾的风险[①]。

购物时上当受骗的风险。

被不合格产品毒害的风险。

被偷、被盗、被抢、被拐等被各种罪犯盯上而受害的风险。

被人羡慕、嫉妒、恨的风险。

隆胸的风险。

肥胖的风险。

没文化的风险。

总之，一不小心就……

日常工作中所面临的风险

被潜规则的风险。

被同事暗算的风险。

被客户暗算的风险。

工作技能不过关的风险。

产品、服务质量不达标的风险。

被不正当竞争击垮的风险。

所在行业发展优势殆尽的风险。

因公受伤、中毒、致残、致死的风险。

---

① See Toman W., Family Constellation, 4th ed. New York :Springer Publishing Company, 1993.

工作压力过大而发生各种不良状况的风险。

主动商业犯罪的风险。

被动商业犯罪的风险。

失业的风险。

工作太出色也会有风险。

“不站队”的风险。

“站错队”的风险。

不老实的风险。

太老实的风险。

不懂人事管理的风险。

不懂风险管理的风险[①]。

不参加保险[②]的风险。

来自大环境的风险[③]

国家出现动乱的风险。

国家公务员不称职的风险。

国家兵不精、将不强的风险。

---

① See Shimell P. The Universe of Risk，London：Prentice Hall，2002. Jasiak J. The Econometrics of Individual Risk，U.S. & U.K.：Princeton University Press，2007. Jorion P. Financial Risk Manager Handbook 2nd ed.，U.S. & CA.：John Wiley & Sons，Inc.，2003.

② See Insurance Information Institute，Insurance Handbook A Guide to Insurance：What it does and how it works，New York，2010.

③ See World Economic Forum，Global Risks Report 7th ed.，Geneva，2012.

国家污染过重的风险。

国家经济不景气的风险。

国家收入来源不均衡的风险。

国家金融系统不稳定的风险。

国家能源供给不足的风险。

国家食品供给不足的风险。

国家毒品泛滥的风险。

国家外交关系处置不当的风险。

国家遭到大面积网络攻击的风险。

国内传染病大面积扩散的风险。

世界生物种类大批灭绝的风险。

世界核武器扩散的风险。

世界恐怖主义带来的风险。

世界应急机制不健全的风险。

世界福利制度不健全的风险。

世界温室效应带来的不稳定气候的风险。

世界高科技被滥用的风险。

来自大自然的风险

下雨被雷劈的风险。

地震被砸的风险。

海啸被冲的风险。

泥石流被埋的风险。

小行星撞地球的风险。

过度晒太阳引发皮肤癌的风险。

山体滑坡被埋的风险。

干旱没水喝的风险。

洪水被淹的风险。

天灾过后疾病扩散的风险。

被动物、植物、微生物侵袭的风险。

总之，人生中的风险就像是一块巨大的、有着无数层面和细孔的海绵，人就是这块海绵中的一滴水，似乎永远无法摆脱海绵的控制，也没办法在这块海绵中生活得游刃有余，更别想赛神仙。这块该死的海绵，唯一的目的就是通过各种手段、考验来过滤、筛选人，或者干脆这样说：它就是变着花样地让人活得“累”！就算累不死你，也要累死你一半。不好意思，我从国外回来不到两年，原话应该是“就算累不死你，也要累你个半死”。

怎样避免风险

我听说，在“生活”方面，可以把普通人大致分为三个等级：

一等人是能够预见麻烦，有能力规避麻烦的人；

二等人是遇到麻烦，有能力解决麻烦的人；

三等人是自找麻烦，又没有能力解决麻烦的人。

怎样才能摆脱“海绵”的束缚，成为一等人

怎样成为一等人，先来看一个简单的化学知识：水由氢和氧两种原子构成，氢气和氧气都是海绵所无法阻挡的，再密实的海绵也无法阻挡这两种气体在它中间穿梭，而且在条件允许的情况下，它们可以穿梭得游刃有余。在这个过程中，水唯一需要的就是热量，因为热量就是将水分解和重塑的力量。

⟹ 热量就是力量，知识也是力量，所以知识也是热量！

什么是一等人？一等人大都有好的生活、工作习惯；大都能够做到吃一堑长一智，不重复犯错误；大都有一技之长，受过教育；大都在人生中的某一阶段经历过风风雨雨；大都是活得比较“专注”、“自私”的普通人。

什么是好的生活、工作习惯？什么是吃一堑长一智？什么是一技之长？什么是风风雨雨？这是常识，没必要细说。我在这里想说的是：什么才是真正地活得专注和自私一点。

做一等普通人会遇到哪些阻力？想一想、算一算，“自己”的时间哪儿去了？除了必要的在时间方面的开支，如吃、喝、拉、撒、睡等基本的维持生命需要的活动以外，剩余的时间都用来做什么了？是不是把大把时间都用来看别人演的电视节目；玩弄别人研发的新式产品；泡在别人开的咖啡馆里；留恋在别人经营的商场里；参加别人搞的活动；用来琢磨别人、算计别人、羡慕别人、诅咒别人、利用别人、记恨别人、拍别人马屁、拿别人出气……

请别上火，上面这一段确实是我用来自省的，下面的这一段也是！

我学习成绩不好，不是因为自己没用功，是因为没给老师送礼，下次送送礼就行了。

我没被升职，不是因为自己不行，是因为我的同事大腿又长又白，所以想办法搞臭她，我就行了。

我经常办事出错，其实没有一次是自己的错，肯定是有人想搞臭我。

我在本单位搞不臭你，在其他单位搞臭你也算我赢。

他的老婆比我的漂亮，是因为他的老婆是个白痴，所以跟他没跟我。

我从来不和家人吵架，都是家人跟我吵架。

他的生意做得好，是因为他的运气好，等他运气没了，你看他靠什么赚钱！

我卖灌水猪肉经常被查，那我改卖灌水牛肉。

你比我有钱，我天天祝愿你破产，从早晨诅咒到晚上。

我搞不定你，我会装可怜、当孙子，直到比你强的人同意帮我出手！

……

显而易见，从表面上看，这些想法、做法是为了自己的利益，实际上，正在把自己有限的精力投资在他人身上。这样想、这样做，永远都是治标不治本，不但解决不了问题，**而且耗费的是自己的时间、生命以及可以切实用来改变自身现状的资本；与此同时，增长的是他人的社会阅历，增强的是他人的工作能力，丰富的是他人的生活经验，增加的是他人能够成功的几率等。**

在我看来，作为普通人，能够真正做到事不关己高高挂起，**能够真**

正明白自己不是为了给别人当陪练而活着的，能够活得没有“阻力”，能够活得“自私自利”（就是有人说的“自我”）一点，就能够成为一等普通人！

本章小结

人无时无刻不生活在风险中，但是，如果能够意识到风险的存在，对一个普通人来讲，只是能够平平安安、健健康康地从幼年成长到壮年再至老年的千万个基本条件之一。生活中的变量不计其数，本章开头所列出的任何一项风险发生在任何一个人的身上，都有可能完全击垮一个人、一个家庭、一个集体。

既来之，则安之！在这个世界上，我的梦想是美好的：我想成为一等人；我想有自己的活法；我想走自己的路；我想在人生的各个方面享受真正意义上的“自由”；我想成为一个平平安安、健健康康活到老的普通人。但是，在我意识到人生中的诸多风险和阻力时，我才明白：自己普通的想法不普通，自己普通的生活也不普通，身为一个普通人，其实自己并不普通！

让我们为成为一等普通人一起努力吧！

第七章

人性中的丑恶

——为好人踏平道路

这一章是我作为马前卒，为那些在生活方面忠厚老实、乐于助人；在工作方面兢兢业业、恪尽职守；在学业方面一丝不苟、实事求是的普通人，以及坚信我们的社会、我们的国家的确是向着“负责任”的方向发展的人们写的。

我知道，你们中间有很多人在社会上受欺负、被侮辱后，本着“吃亏是福”的想法，好多次在退让中隐忍；本着“息事宁人”的想法，好多次在退缩中回避；本着“逆来顺受”的想法，好多次在退却中停滞。

为了不再被“坏人”定义为“单纯的”好人、弱者，为了让好人可以更好地享受生活、更专心地履行职责、更有效率地提高学业质量，下文试举几例来祝好人一臂之力。当然，要特别说明的是，这些例子不针对任何人。与此同时，我想给那些“捣蛋鬼们”提个醒儿：做人要厚道！时代不一样了，虽然好人大多忠厚，但这不等同于好人大多愚笨、软弱。下次当你想“捣蛋”的时候，你可要小心了！警察是好人，但是要想抓住坏人，警察会做到比坏人更懂得什么是坏！

郑重声明：我坚决反对以牙还牙的做法，凡是涉及法律的任何问题，我百分之百赞同用“法律手段”来解决。本章举的例子是人们经常谈论但又极少坦诚面对的“灰色地带”，包括一些道德和法律还没有能力解决的社会问题。

举　例

例一

为什么有些好人教孩子学“坏”，有些“坏”人教孩子学好？

为什么有些学生在学校里受到来自其他学生的嘲讽、愚弄，而老师和家长却没能找到有效的途径避免或是降低这种“低级错误”的发生，以便学生可以全身心地投入学习中去？

为什么老职员要给新职员下马威，即使新职员有自知之明？

为什么样貌出众的成功女性时常被人冠以“她是因为前凸后翘，所以她成功”的谬论？

为什么有些凭真本事成功的人，在认认真真干事业的时候，总是要面对来自一些“小人”的“妒忌、污蔑、恶搞”等负面影响？总是要浪费一些本该投资在自己事业方面的时间和精力来应对这些人？

答案是什么？我们都心知肚明。因为早已有数不胜数的社会学家、心理学家、教育家、问题学家，这个家、那个家将这些“现象”记录下来，甚至还以多种“现代文明”的方式给这些现象分门别类，并“冠名”。

但是，有多少人在找出这些问题的时候，能够采用“实用有效”的方式、方法来解决这些问题？我想，这对人类社会来讲，仍然是需要面对的挑战。

例二

对新老板和新员工的千百个考验之一：挑拨离间。

背景：

（1）只有这名新员工以前的同事和老板知道他换工作的真正原因是“大家不和，有矛盾”；

（2）新员工的新工作单位和以前的工作单位没有任何利益关系，不是同行业；

（3）在新员工换工作前，新员工知道现在的老板和以前的老板只是认识，知道彼此，但是关系一般，不熟。

故事：

换工作后的某一天，这位新员工以前的老板给新员工的现任老板发了一个短信，内容是让现任老板给新员工带个“口信儿”，说新员工的前任老板向新员工问好，请新员工有时间常回去看看！

问：如果您是新员工的老板，您会怎么做？

答：直接用相同方式回复发短信的人，告知新员工的联系方式，再加一句“如果您想问好，请直接联系这位员工”，与此同时，将这两封短信转发给新员工，这样三方的信息都是透明的，不会引起自家新员工的误会。

问：如果您是新员工，您应该怎么做？

答：第一要明白：当今的社会是一个充满各种各样竞争的社会。在发达国家，当一个单位正式接受有过工作经历的新员工时，就等于这个单位决定完全接受新员工在职场上的所有的过去，包括过去的对立面！因此，新员工的立场一定要明确。如果新老板不是职场老手，单纯代表从前的老板向新员工问好，中了离间计，新员工应该直接向现任老板表明自己的立场，而不是把“问题和矛盾”藏在心里，自己瞎琢磨。只有这样，新老板才能明白自己被利用的“真相”和新员工的工作态度。

附加问题：

（1）新员工以前的老板有没有可能将工作方面的“矛盾”延伸到新员工的私人生活？比如，请新员工的新邻居向新员工带个好。

（2）如果从前的老板是发达国家的人，新员工是发展中国家的人，这时有“崇洋媚外”倾向的发展中国家的、同新员工有过交往的人，有没有可能被利用？为什么有一部分中国人相信老外的话多过相信中国人的话？

（3）如果您发现新老板，或者“有资历”的新单位的同事有意要“打圆场”，您会怎样求证自己的猜想？如果事实如此，但是自己又不可能接受，那么该怎样做？

附加问题（3）的小提示：切记，两军交战不斩来使！社会是复杂的，任何您看到的矛盾和已经在面对的“捣蛋鬼”可能只是冰山的一角。

在做好本职工作以外，要多问为什么，要多从自己身上找问题，与此同时要注意，小心！有些时候，36 计中的上策是可以考虑的。

（4）请您猜一猜，下面的这句俗话对于管理中国员工的老外来讲是不是常识：“一个中国人是条龙，三个中国人就是一把沙。”

我强烈反对您阅读中国的《厚黑学》和外国的 The 48 Laws of Power。做好人一定要有心理准备，好人不害人，但也要保证自己不被害！

例三

其他用来害人的低级伎俩。

重申一遍：不针对任何人，不提倡任何人使用这些言语去危害人类。练练英语，这里给的是中英文。

（1）Someone is a racist，someone look down on black，white，brown，yellow people. 某人有种族歧视，瞧不起黑色、白色、褐色、黄色人种。进一步解释：中文里“那个”的发音是 nà gè，这个词的发音和英文里“黑鬼”很像，当用中文交谈时，老外可能会误以为在歧视黑色人种，即使他们知道不是，这也可能成为矛盾产生后，别人用来制造谣言的佐料。

（2）Someone is a gay or lesbian. 如果某人不结婚，又长期专注于工作，某人可能就是个同性恋！提示：当你太专注于工作的时候，也要注意多交往身边的人，以防不测！

（3）Someone look down on the poor，gay，lesbian. 某人瞧不起穷人、男同性恋、女同性恋。提示：这句话可以被任何自己得罪过的人用来污蔑自己。切记：做人要厚道、小心、谨慎。找麻烦容易，解决麻烦很麻烦！

（4）Someone is antisocial. 某人就是反社会。提示：如果您只专注于做自己的工作，不参加社交活动或者不入伙，您有可能就会被“美化”成反社会。

（5）Someone look down on people from small community. 某人瞧不起小地方来的人。提示：如果某人是大城市来的，瞧不起小城市的人，如同国内的有些城里人瞧不起乡下人，但是在发达国家里，“以上”和“以下”的言语都是不可接受的。**真正歧视别人的人百分之百会被群起而攻之！**

（6）Someone hates the country. 某人憎恨这个国家。提示：在某人被用心不良的人伤害的时候，用心不良的人可能会制造类似的谣言，以便利用国家制度、国家体制。例如，利用国民的爱国热情等，把自己的真实目的和过错掩盖起来，同时又可以通过利用他人对付自己想对付的人。

（7）Someone do not recycle garbage. 某人不回收垃圾，他就是垃圾。提示：记住群众的眼睛是雪亮的，当有人想找您麻烦的时候，小事化大的事例也是有可能的，好的生活方式是要坚持的。

（8）Someone is a rich person but extremely stingy. 某人很有钱，但是很吝啬（stingy 是一个贬义词，意思是吝啬）。提示：仇富心理在哪都有，如果您确实富有，那么一定要花时间学习“富人阶层”对社会有哪些责任和义务。没人直接要富人的钱，因为有很多事做起来比给钱更容易证明自己的诚意。

（9）Someone is an extremely self-interested person. 某人很自私，只顾自己，不顾大家。解释与第（2）条类似。

（10）Someone look down on seniors，someone thinks seniors are too old to …某人瞧不起老人，讲老人太老、没能力了、没体力了、过时了等等。提示：在发达国家语言不过关的时候，不要乱讲话，任何人理解您也是有限度的。我承认，我犯过类似的错误。我的真实观点是：我尊重老年人，但不是不懂装懂、倚老卖老的老年人！与此同时，在发达国家给人提意见的方式一般都是非常非常委婉的、非常非常温柔的。提意见的方式是一种“行为艺术”。

（11）Someone is an evil minded or someone is an evil··· bla bla bla. 某人是魔鬼心肠，甚至某人就是个魔鬼！提示：这个问题很严重，也很复杂，因为涉及宗教问题。世界上有很多人信奉宗教，而且很多都是非常虔诚的信徒，所以平常在谈论与宗教相关的话题时，要坚决避免抬杠，说一些类似于“你能证明这个”、“你能证明那个”等有可能使人下不了台的话，一定要明白：①虔诚的人不一定都信教，信教的人不一定都虔诚；②虔诚的信徒是非常容易被用心不良的人利用的。

写到这里，给您提个醒：您可千万别得罪我，昂~
我在这些方面的修行真的是吃的盐、过的桥比很多人多很多喔~
做条龙咱不行，做一条虫的功力咱还是有滴~
毕竟，俺在发达国家“享受”过好多年……

解决办法

先让自己“跳”出来

在任何地方、任何时间，当有人跟您讲任何人坏话的时候，不论讲坏话的人是谁，千万要避免人性中的弱点：“人的认知和思维方式在很多时候是以先入为主的方式进行的，人们接受最先看到的、最先听到的事物的几率高过后听到的、后看到的。这种情况尤其适用于年轻的、阅历浅的人。”**切忌，**在处理人际关系时，在第一时间完全相信自己所听到的一切有关任何人的负面言论！一定要多长一个心眼，问一问自己，为什么会听到这些？千万小心，正义感被别人利用的时候是很可悲的！

如果问题与自己有关

归根结底，当出问题的时候，首先要做到“自省”，从自己身上找不足。如果不是自己的问题，或是自己找不出问题，千万不要作出过激的反应，尤其是在国外！要从心底里接受“强者弱不了，弱者也强不到哪儿去”的道理。坚信时间只为强者服务！

附加信息

在发达国家，人与人之间的关系非常稳定、和谐！人与人之间可能产生的大多数矛盾，已经通过各种法律、法规、制度、办法等现代文明的方式、方法有效避免了。人们在生活工作中容易产生的正面冲突与对抗也随之减少了很多。

在发达国家，如果一个人真的做错了事，不是具体的哪个人要惩罚这个人，而是通过一只无形的手，即现有的法律、法规、制度、纪律来惩罚犯错的人。所有惩戒“坏人”的方式、方法，都是由有着多年经验的专业人员精心研究而制定出来的；所有惩戒坏人的相关人员，都是“一批一批”的而不是孤立无援的，都是与坏人没有任何利害关系的人。因此，即使坏人在事后想报复“整过”自己的人，也会因为明白“这些人实际上是在履行自己的工作，不是真正地针对自己”而无从下手，至少从正常人的“冤有头，债有主”的逻辑思维出发，在准备打击报复这些“不相干的人”的时候，过不了自己思想的那一关。在发达国家，我知道的所有惩戒措施也早就是发展中国家所理解的：在行动时“有据所依”、“有法所依”。

当通过有效手段把好人和坏人的直接矛盾转化成坏人和社会、国家机器的矛盾时，社会中的不稳定因素就会减少。这是我所理解的，发达国家完善各种法律、法规、制度、纪律益处之一，是建立和谐社会的基础之一。

当然，在发达国家同样也有很多有效的、避免坏人利用社会、国家机器来泄私愤，打击报复好人的措施。如果读者感兴趣，可以学习一些来自发达国家的、有关社会问题方面的资料。社会问题的英文是 social problem。

顺祝好人一生平安！

第八章

移民杂谈

——要走就要走得坚决，要留就要留得自信[①]

这一章，我会介绍几个在发达国家“必备”的，但是又常被来自发展中国家的移民所忽略的几个概念。

下面的这个概念来自 Longmans，Green，and Co. 于 1915 年出版的 Joseph Warren Smith 的著作：Training For Citizenship（《培训公民》），第 16 页。

公民的类型

Classes of Citizens：

Citizens may be divided into two classes-native-born and naturalized. Native-born are those who have been citizens from birth. The citizenship

① 这句话不针对真正的商业移民，因为有些生意在有的国家只对本国公民开放，所以为了企业的发展、生存和提升竞争力，企业法人真正意义上的商业移民行为可以被大众接受。

of the parent at the birth of the child, as a rule, determines the citizenship of the child. Naturalized are such as have been given the rights of citizenship. An alien is one who owes allegiance to a foreign government.

公民的类型：

公民可以分为两类：一类是出生在本国的人，另一类是被授予本国国籍的人。出生在本国的人从一出生就被认定是本国的公民。父母在新生儿出生时的国籍决定了新生儿的国籍。被授予本国国籍的人享有本国的公民权。**外国人**是指拥护、效忠其国籍所属国政府的人（这同公务员的定义没有关系）。

对于有意要移民的人来讲，要走就要走得坚决，要留就要留得自信！有兴趣了解移民这个“概念”的读者，可以参考 World Book Company 于 1918 年出版的 Milton Bennion 的著作：Citizenship-An Introduction to Social Ethics（《公民——社会公德概述》）。

效　忠

我认为，对于一个普通移民来讲，唯一有效的证明这个移民对一个国家的忠诚度的做法是，在和平或非和平时期参加所属国家的军队，服兵役。想一想，如果在移民入籍后宣誓效忠的国家和这个移民以前的所属国发生武力冲突的时候，新移民现在的政府会做些什么来确保本国的安全、领土完整、本国国民的安危和利益？方式、方法有很多，在“二战”时期，有历史考证的一个实例就是，在面对战争威胁时强制性的征兵，尤其是针对来自对本国发出战争威胁的敌对国家的移民的征兵。

想一想，如果这件事情发生在新移民的身上，新移民会怎样做？新移民在新国家的“钱”和“人脉”会起到作用吗？新移民会不会拿起枪，上战场？新移民会不会“被逼无奈”用枪口面对自己熟悉的面孔？新移民会扣动扳机吗？如果不扣动扳机，又有什么事情会发生在新移民在新国家的家人身上？新移民和家人在新国家的社会地位会有什么变化？

真诚地希望有移民计划的人们明白：

- 身不由己的感觉是极其痛苦的！
- 外国群众的眼睛更是雪亮的！
- 大家都应该为和平努力！

钱从无到有、从少到多的工作原理

在国外辛勤打工赚钱的移民，一定要花时间像发达国家民众一样学习一个极其重要的常识：钱的工作原理。推荐大家读一读 Federal Reserve Bank of Chicago 于 1961 年出版的 Dorothy M. Nichols 编写的：Modern Money Mechanics（《货币的工作原理》）。明白这个常识可以帮助您解决生活中的很多困惑。

生气、愤怒

对于这个词的解释，推荐大家阅读：Narcissus Publicantions 于 2009 年出版的 Sam Vaknin 博士的著作：Cyclopedia of Philosophy（《哲学百科》）。

Anger is a compounded phenomenon. It has dispositional properties, expressive and motivational components, situational and individual variations, cognitive and excitatory interdependent manifestations and psychophysiological (especially **neuroendocrine**) aspects.

From the psychobiological point of view, it probably had its survival utility in early evolution, but it seems to have lost a lot of it in modern societies. **Actually, in most cases it is counterproductive, even dangerous. Dysfunctional anger is known to have pathogenic effects (mostly cardiovascular)**.

Most **personality disordered** people are prone to be angry. Their anger is always sudden, raging, frightening and without an apparent provocation by an outside agent. It would seem that people suffering from personality disorders are in a CONSTANT state of anger, which is effectively suppressed most of the time. It manifests itself only when the person's defenses are down, incapacitated, or adversely affected by circumstances, inner or external. We have pointed at the psychodynamic source of this permanent, bottled-up anger, elsewhere in this book. In a nutshell, the **patient** was, usually, unable to express anger and direct it at "forbidden" targets in his early, formative years (his parents, in most cases).The anger, however, was a justified reaction to abuses and mistreatment. The patient was, therefore, left to nurture a sense of profound anger, but as a transitory state. This is what sets the personality disordered apart: their anger is always acute, permanently present, often suppressed or repressed. Healthy anger has an external inducing agent (a reason).It is directed at this agent (coherence)…

在这几段文字中，我有能力翻译的是黑体字部分：

- 神经内分泌。
- 实际上，大多数情况下，生气不被认为是解决问题的有效途径，生气甚至是危险的。官能障碍型生气是生气的一种，它可能同时导致其他疾病，如心血管病。
- 性格分裂、紊乱。
- 病人。

切记：生气是可以的，但是，在发达国家发泄气愤绝对有可能被精神心理学列为潜在的具有性格分裂特征的人或患有精神疾病的人。这可不是闹着玩的，如果用心不良的人知道脾气“暴”是您的弱点，那么他们借此来打击您是完全有可行性的。这些坏人甚至都不用出头露面就可以借助他人的力量（社会上的正能量），用做好事“帮您治病”的借口和世界上公认的“诊断方法”来伤害您、您的朋友，甚至您的家人。如果您在国外是一个爱发脾气的、外语技能又不成熟，不能够充分表达自己意愿的人，那么您可千万要小心了。

卫 生

由于本人不是这方面的专业人士，所以就不在这里班门弄斧了。为了让读者能够通过更简便的方式了解和学习有关卫生方面的知识，我直接为您找了两本资料，强烈推荐您阅读。

（1）Houghton Mifflin Company 于 1920 年出版的 Woods Huchinson 的著作：Community Hygiene（《社区卫生》）。

该书包括以下内容：厨房、酒窖、洗衣间、洗漱间、炉灶、卧室、客厅、娱乐室、工作室、走廊、门窗、通风、暖气、花园、桌椅、楼梯、墙面、地板、地下室、衣橱的卫生知识，学校的医生、护士如何保持卫生，食品法、食品质量鉴定办法中有关卫生的规定，饮用水的卫生知识，垃圾处理与回收中应注意的卫生知识，街道、公园、公共泳池、儿童游乐区的卫生知识，房屋害虫、寄生虫如何防范，传染病预防以及可导致死亡的主要病因，未成年人的卫生教育与参与等等。

（2）World Book Company 于 1920 年出版的 Louisa C. Lippitt 的著作：Personal Hygiene and Home Nursing-A Practical Text for Girls and Women for Home and School Use（《家庭、学校里的成年和未成年女生的个人卫

生手册》)。

书中卫生方面的知识包括：怎样洗澡、洗发；怎样保持耳、鼻、喉的卫生与健康；月经期间的卫生；怎样洗衣服；怎样保持口腔清洁；感冒是怎么回事；怎样保护眼睛；运动与健康；体温、心率与呼吸；传染病有哪些；什么是伤寒、由细菌引起的非传染性疾病；怎样管理自家的药物；怎样护理有传染病的家属；怎样照顾老人；怎样给病人洗澡；怎样给病患调节饮食；怎样处理中毒、常见的外伤；怎样处理各种创伤，如骨折、脱臼和包扎；什么是护士等等。

这两本书虽然距今已有近100年的历史，但是仍然非常实用！我认为，这两本书所介绍的有关个人和社区在卫生、健康方面的知识、建议、方式、方法等依旧非常适用于当今社会，非常值得学习和借鉴，甚至可以直接照搬！

第九章

我为母亲剪头发

——儿子不孝，在您求救的时候，我却无能为力

我从未学过理发，也从未给母亲剪过头发。令我想不到的是，自己有机会为母亲剪头发；更想不到的是，有生以来第一次为母亲剪头发，竟然是剪掉母亲所有的头发。为母亲剪头发的这 15 分钟，是我人生经历曲线中几个最低点之一。

天有不测风云，人有旦夕祸福。2014 年 5 月 1 日劳动节，我劳累 65 年的、可爱的、身高只有一米五三的、胖乎乎的、享有刀子嘴豆腐心美名的母亲，因咳嗽、低烧去医院检查，结果发现：肺部中间长有一个肿瘤，肿瘤周边的几个淋巴增大，肿瘤大小为 5.3 × 2.9cm。经进一步诊断，确诊为中央型肺小细胞癌，情况很不好。

确诊前需要做的检查项目

主要检查项目：肺部穿刺手术、取组织做病理活检。

辅助检查项目：脑部、颈部、胸部常规和加强 CT 各一次，颅脑核磁

共振，腹部B超，核医学骨骼检查，血常规，肝、肾功能检查，大便检查。

做阎王爷的信使

告知母亲诊断结果是一个非常矛盾的过程。如果不完全告诉母亲，病情如果在未来出现恶化的话，母亲的心情肯定会越来越糟，随之会影响她的食欲、免疫力、治疗效果以及对家人的信任等；如果立刻全盘托出，又怕母亲一下子在精神方面受到的打击太大，影响近期的治疗效果。所以，“做”阎王爷的信使是一项非常细致、非常敏感、非常矛盾的“挑战”。

反复斟酌后，我同父亲决定，结合医生的建议，在短时间内慢慢地把实际病情告诉母亲，这样母亲也可以做自己的计划。

具体来说，告诉母亲实际病情，经历了以下过程。

（1）诊断结果出来后的第一个星期，我告诉母亲：

- 肺部确诊长有一个肿瘤，是恶性的，定性为小细胞型肿瘤（注意：我一直用的是“肿瘤”两字，不是“癌症”这两个字）；
- 肿瘤分期为局限期；
- 专家医生当面讲过这种疾病的治愈率是20%；
- 治疗手段为手术、化疗和放疗。

（2）诊断结果出来后的第二个、第三个星期，我告诉母亲：

- 多吃维生素，维生素可帮助身体抑制肿瘤细胞生长，甚至“消灭”肿瘤细胞；

- 现代的治疗手段很成熟，已有几十年的经验；
- 治疗手段还有鸡尾酒疗法等；
- 其他所有有利于母亲心理和生理健康的信息（这些信息不包括有关“各种神奇的新药”的小道消息，以免让母亲的情绪忽上忽下，影响治疗）。

跟母亲讲实话还有以下原因：

- 母亲住的是肿瘤专科医院，早晚会向“癌症”这个方面想，至少在同病友交流的时候，她所听到的全部都是与癌症有关的话题；
- 母亲的学历是中专，有一定的文化基础；
- 母亲平常非常注重学习养生方面的书和看健康节目；
- 母亲对“癌症”的了解不比年轻人少；
- 如果父亲讲瞎话，母亲的甄别正确率是99.99%（老夫老妻的益处之一）。

确诊后的治疗方案

化疗六个疗程。在第二个疗程后，医生建议同步放化疗两个疗程，最后进行两个疗程的化疗，共计126天。

化疗

肺小细胞化疗的一个疗程是21天，前五天注射化疗药物及其他辅助药物；后 16 天休息，准备下一次治疗。

化疗药物注射所需时间：5—8 个小时 / 天。

化疗药物对身体健康的影响：食欲下降、恶心、呕吐、四肢肤色变暗、盗汗、头晕。

化疗药物在杀死恶性肿瘤细胞的同时，对身体的主要损害是：血液中的白细胞、中性粒细胞计数急速下降。简言之，**人体免疫力**在第一个疗程化疗药物注射后，开始急速、直线下降！

化疗的最大风险：死亡（极少病患出现这种情况）。

放疗

不是每个肺癌病患都适合放疗，放疗有严格的条件，具体情况具体对待，在这里我就不做说明了。去书店查看专业书籍是了解有关治疗肿瘤的有效途径之一，此外，还可通过以下两种方式准确了解病情。

第一，请教有过同种病史、做过同种治疗的病友。

第二，自己查找到所有关于该病的信息后，准备好自己想问的问题，到医院挂个号，请教医生。

据我所知，放疗也是治疗肺小细胞癌的一种手段。

癌症病患容易忽视的问题

到目前为止，我发现有一个问题很多癌症病患都容易忽视，就是不懂得直接食用多种维生素药片来迅速解决因放疗、化疗引起的食欲下降等问题。

维生素药片的作用之一就是，让身体迅速吸收它的营养成分。如果维生素摄入量不足的问题解决了，那么剩下的就是听从医生的建议科学化地摄入鸡、鸭、鱼、肉、蛋、奶、杂粮类的高蛋白、低脂肪的食物。补充一点，除了维生素，同样需要食用各类蔬菜和瓜果，多摄入植物纤维也是很重要的，植物纤维可以保证大便正常。

强烈推荐下列维生素药片：复合维生素 B，维生素 A+D，维生素 C，维生素 E。

提请读者注意：想要同时服用处方药和维生素片之前，请一定询问医生两者是否可以同时服用，因为有些处方药与维生素一起服用时会产生不良反应。

我认为，癌症患者在饮食方面应注意学习些营养学方面的知识，推荐大家读一读营养学证书考试方面的书，因为这些书中癌症预防、癌症治疗前后与饮食相关的信息是比较系统、全面的。

化疗期间的趣闻

趣闻一

写这一章的时候，母亲刚刚圆满地完成了化疗的第二个疗程！她很坚强，虽然刚开始经常针对父亲发牢骚，说一些诸如，“我伺候你一辈子了，你现在最好给我老实点！我要翻身、我要做主！我让你干什么，你就得干什么！”

还好，父亲是感恩图报型的，他的答复是：“对、对、对！是、是、是！”

很是有点嫁鸡随鸡，嫁狗随狗的味道。我也很高兴看见他们开始返老还童了！

趣闻二

我们每次入院治疗的时候所遇到的病友都非常友善，大家经常相互取经、相互鼓励、相互支持。经常把自己所知道的实用的东西以“倾囊相助”的形式分享给病友。

其实，很多病友所面临的挑战是常人无法想象的，但是在这几次入院治疗的日子里，我们听到的都是笑声，经历的都是令人振奋、振作的时光。笑话一个接一个，从未停止过。在这些开心的时光中，训练有素的医生、护士不仅在尽全力用自己的医术来减轻病患的痛苦，而且对病患心理方面的呵护可谓“训练有素”。

病房笑话之一

护士：您好，来啦？

病患：嗯，刚到！

护士：昨天打完针后的感觉怎么样啊？有没有不良反应？大小便怎么样？

病患：还可以，谢谢！您呢？

护士：挺好，我今天手气不错！

病患：是吗，您上班打麻将？

护士：呵呵，不是！隔壁有个病号，有我三个粗，我们都管他叫小胖，他的血管很难找，每次给他扎针的时候我们都要特别注意，今天手气不错，一次就搞定了。

病患：哦，呵呵！

病房笑话之二

病患家属甲：您母亲这次的化疗打完了？

病患家属乙：嗯，昨天刚打完，今天出院，半个月以后再回来继续。

病患家属甲：真好，阿姨，您过会儿就出院了？

病患乙：嗯，打完了，赶紧回家，该玩的玩，该干的干，一切照旧！

病患家属甲：阿姨，您挑衣服的眼光不错啊，衣服搭配得真好！

病患甲：嗯，挺漂亮的，您看起来很年轻。

病患乙：那可是！当年老娘为了拉扯孩子长大，做了服装生意，做了一辈子了！在家里什么没干过？过会儿我把假发戴上，给你们好好秀秀！说完阿姨去了洗漱间。（阿姨的老公一直身体不好，所以她一个人支撑着一家人。）

大家：哈哈……

大约5分钟后，阿姨出场。

病患乙：看看，怎么样？

病患甲：哇哦，好！确实很适合您！（阿姨的肤色不算很白，但是配上暗红色的短发，外加自己搭配的衣服，真得显得很利落、很干练、很年轻。）

病患家属甲：阿姨，您当年得有多少人追啊？

病患家属乙：当年？现在还有不少人追嘞！

大家：哈哈哈……

病房笑话之三

病患家属甲：阿姨，您昨晚是不是做噩梦了？

病患乙：我是不是又说梦话了？……我说什么了？

病患家属甲：没讲什么，阿姨，真的！您就是把您家的银行密码告诉大家了。

病患乙：不可能，我自己的银行密码我都记不住，甭说是我们家的了。

大家：哈哈哈……

病房笑话之四（母亲剪发后，在医院做同步放化疗时的笑话）

新护士：大爷，您这两天吃得怎么样啊？（实习护士当时提供的可是微笑服务～）

母亲：？？？（无语～）

我：笑得合不上嘴～（不是吧～明明是女病房，哪里来的大爷？）

新护士：哦，阿姨，您好，对不起～您这两天吃得好吗？

母亲：呵呵，嗯，挺好……

新护士：……

下午6点左右，终于在8个小时后把当天的化疗药打完了。

我：今天的战斗结束了，大爷～咱们出去锻炼锻炼，走走吧？

全病房：又是一阵狂笑～

剪头发的15分钟

在化疗的第一个疗程结束后的第十二天的下午，母亲洗完头的时候，突然发现自己的头发开始大把大把地脱落。自己在梳头，哪怕用手轻轻缕一缕头发，都会伴有大把的脱发。由于心理准备不足，这让她感到很吃惊，也很失落！

我倒是感觉挺有意思的，趁着母亲午休的时候，也顺便揪了一撮，令我更惊讶的是母亲都没有任何疼痛感，甚至没有任何感觉。

母亲脱发的速度相当快，三天就可以清晰地看见头皮和颅骨的轮廓，剩下的头发很少，让她在摘掉帽子后看上去活像三毛她奶奶，而不是我三天前的母亲。母亲经过再三考虑，加之与一位同龄女病友家属直爽的交谈，她在脱发开始的72小时后，接受了脱发的现实，义无反顾地作出了她有生以来作为一个女人把自己剃光头的决定，是无奈也好、算坚强也罢，反正母亲接受客观事实的能力很强，她决定正视现实。

母亲决定后，是我替她剪的头。作为一个活在本命年里的、几乎从来没有为母亲服务过的儿子来讲，当时我很心酸，这种感觉几乎让自己失去了自控的能力，在母亲面前流泪。还好，我明白自己并不是真正承受痛苦的人，自己并不是自知自己的生命可以开始倒计时的人；所以在大约10秒内，我把自己的心情调整好，而且使自己有能力在母亲面前演一小会儿戏。

在剪头的过程中，我同母亲开玩笑地说：“妈，你现在很像个尼姑，明天拿个碗坐在医院门口，看看有多少人会给你钱，我打赌你能赚不少。”母亲听了勉强地笑了一笑，活像是在告诉我：你能不能把你那张嘴闭上！

过了一会儿，我又说：“妈，把头剪短（0.5 厘米长）挺好的，又干净、又省事，连洗发液都省了，多好！？”母亲听完，“嗯”了一声，淡淡地一笑。（看来，我真的是不懂头发对女性来说有多重要，严重脱发对女性来说意味着什么。）

剪着剪着，在刚剪到约五分之一的时候，母亲突然轻声说：“明明，把剪下来的长头发放在旁边的台子上，留着，找张纸包起来，你留着，做个纪念。”这个完全出乎我意料的要求，让我当时差点没说出话来，差点又要掉眼泪，幸好自己还算冷血，没让眼泪往外淌，同时用肯定的语气回答道：“嗯！好！”说完我就马上回过头找了几张纸巾铺在台子上，好用来包头发，其实，是在给自己一点时间，稳定一下情绪。

15 分钟过去了，头发终于剪完了，中间还聊了些什么，我不记得了。

这时，父亲也凑了过来，还没等母亲开口问剪完后看起来怎么样，他就说看起来挺好的！头发过两天就又长出来了，现在是暂时的！母亲听完欣慰地笑了……

原来，癌症病患配偶的话是这样有魅力！原来，老夫老妻的相依是这样有力量！

事后，我感到，母亲已经接受来自死亡的挑战，已经开始用自己的实际行动为自己争取一切可以争取到的，对与癌症抗争有意义的、有价值的、有形的、无形的东西！这让我更加相信，母亲，在宇宙万物中不仅是赋予新生命的载体，而且对生命的理解程度要比其他人更深刻、更透彻、更直白。

作为小细胞肺癌患者的家属，我向与我面对相同挑战的读者推荐下面这本书：程颖、孙燕和吴一龙主编的，人民卫生出版社于2014年出版的《小细胞肺癌》。

祝天下癌症患者早日康复！

愿天下医务工作者能够妙手回春！

休闲篇

第十章

狂言狂语

- 我就是自己的答案～I am my solution.
- 在强者与小人之间，时间只为强者服务。
- 对牛弹琴就是自作多情。
- Who am I？我比中国人还中国人，比外国人还外国人。
- 欲望就是风险。
- Yes，我喜欢 CNBC。
- 观察用的是“五官”。
- 真正能够让人成熟起来的是知识，不是年纪！
- 端人家的饭碗就要被人家管，还是，端人家的饭碗就要给人家面子?
- 选择学业、选择职业的统称是择业。
- 固守自己的知识，而不与人分享，就是不思进取！
- It is not things we do not already have made us greedy；it is what we have already. 我们贪得无厌，不是因为我们总想得到没有得

到的东西，而是因为我们已经拥有的东西。

- Human is educated to question，animal is educated to believe. What are you？人类受教育的目的是去问为什么，动物受教育的目的是去相信什么。您是属于哪一类的？
- Why there is no perfect healthy person in the medical domain ？Why there is no perfect legitimate person under the laws？为什么在医学界里没有完全健康的人？为什么在法学界里没有完全守法的人？
- I live for creation not for cleaning someone else's mass! 我存在的目的是去创造，而不是去擦别人的屁股！
- 我更倾向于进一步海阔天空，退一步山穷水尽！
- Action is the ONLY meaningful way to show credibility among adults，talking has less value than none. 成年人之间，说明问题的唯一方式是实际行动，言语已经不再具有任何意义。
- 学好数理化还有统计，走遍天下都不怕。

第十一章

我为什么爱国

——我在西方学会了爱国

国家和国民的关系

纵观世界各国的发展史，任何一个国家、任何一个政府都不是十全十美的。任何政府的发展都有局限性和不可预测性；没有一个国家的政府有能力让本国的所有产业、行业达到均衡发展、百花齐放的理想境界；没有一个国家的政府有能力满足所有国民的要求和愿望；没有一个国家的政府有能力确保本国的公务员百分之百清廉、百分之百效忠祖国、百分之百全心全意为人民服务。

对于中国政府来讲也是一样，作为一名普通百姓，我能看到的是，同许多发达国家的政府相比，中国政府的确算得上是一个积极的、一心向上的、在过去的半个多世纪中有所作为的、一直努力为人民服务的政府。尽管在某些方面的发展与本国人民的期待还有一段距离，还需要人民耐心地等待和谅解等。

总之，作为一个多少懂得一点公共管理学常识的人，我所学到的、看到的是：全世界都一样，因政府的实际行动和国民所期待的政府的实际行动之间存在差距而产生矛盾的情况，确实是存在的。某些时候，政府的一些行为不能够被民众理解，其根源在于：**“政府在制订计划或采取行动时，所掌握的信息量是庞大的，要比普通百姓多得多、全面得多。合格的政府公务员都是具有丰富经验和受过良好教育的有识之士。在很多特定的环境中，政府的很多计划是没有办法用绝对的正确和错误来简单评判的，只有时间可以说明一切。这也可以简单地解释为，如果政府计划让上一代人多吃苦、多奉献，那么下一代人就会享受上一代人努力的成果，少吃些苦、少走些弯路等。”**有时间的话可以看一看“英国、法国、美国、德国、俄罗斯、奥地利、意大利、日本”这些国家的发展史，您可能就会赞同我的观点。

我写这章的主要目的是告诉大家：如果一个国家的政府有一天彻底瓦解了，国家不稳定了，会有什么样的事情发生在国民身上，会有什么样的事情发生在他们后代身上。

政府瓦解，意味着国家的税收来源消失，全部公务员下岗，随后的情况就是：

- 警察下岗，各种犯罪猖獗；
- 监狱的狱警、看守所的干警下岗，各种罪犯、犯罪嫌疑人重获自由（您知道中国现在的在押犯有多少吗）；
- 交警下岗，各种交通事故频发；

- 国家其他的执法人员下岗，整个国家不存在“秩序”两字；
- 公路、铁路、空港、海港等交通瘫痪，经济直线下降、恶化；
- 环卫工人下岗，垃圾满天飞；
- 水电公司因为欠费问题停工；
- 消防员全部下岗，失火无人救；
- 银行停止工作，百姓的存款可能会不翼而飞；
- 国家的信用度降低，货币的价值变得很不稳定；
- 国内的物价飞涨，百姓度日如年；
- 医生停止工作，病人得不到及时救治；
- 学校关闭，学生成为闲散劳动力；
- 天灾人祸出现的时候，没有专业团队预警、抢险、救灾等。

再具体点，发生在工人身上的事情会有：

- 政府瓦解，市场没人监管，工厂因各种原因停工、倒闭，工人下岗；
- 对于退休工人来说，退休金无处可领；
- 职工大病医疗的开销，无人给报；
- 在职工人的工资无法得以按时发放；
- 工人的福利无法保障。

农民可能要考虑下列问题：

- 多余的农作物有谁来买？定价应该是多少？储存在哪里？安

全吗？

- 农作物质量等级的把关又由谁来负责？谁有资格负责？谁还有公信力？
- 来年、来季还种不种地了？种什么？市场到底需要什么作物？
- 干旱、病死牲畜的损失由谁来补贴？
- 牲畜由谁来检疫？

普通百姓可能要考虑下列问题：

- 怀孕后，在哪里生孩子，自己家？
- 如果你们家都是老弱妇孺，被盗、被抢、被打后找谁来保护自己？
- 在市场上买回来的东西能放心吃吗？病死的鸡、鸭、鱼、猪、羊、牛会不会流入市场？
- 失业后的衣食住行谁来供给？失业救济金到哪里去领？
- 得不到良好教育的孩子会成为什么样的人？
- 自己的老婆长得越漂亮越好，还是越丑越好？会不会后悔在一个“慌乱”的年代里找了一位漂亮的老婆？

商业活动可能会发生下列情况：

- 做进出口的可能会改行做走私；
- 开好店的可能会改行开黑店；
- 生产真药的厂家可能会改行生产假药；

- 管理市场的公务员可能会改行成黑社会人员。

不知道读者看出来没有，我写的只是部分情形，完全忽略外来因素。如果一个国家的政府瓦解，出现“大面积的”慌乱，国外的某些国家会采取什么样的行动？他们会遇到“强力有效”的抵抗吗？人民的利益和安危会得到保障吗？如果国将不国，人们是不是会过上水深火热、民不聊生的生活？

总之，政府和国民是唇齿相依、唇亡齿寒的关系！因此，要爱国，要拥护“自己”国家的政府，支持祖国的稳定和繁荣，为祖国的发展、为世界的和平尽自己的力。

与此同时，国家的领导人要懂得爱民，国家的公务员要懂得为民。作为国家政府工作人员，内心要接受一个事实：**是老百姓在养活你们，不是你们在养活老百姓**。同时，请某些公务员明白：不要拿着手中的那点权当回事，不要见了老百姓就摆出一副高深莫测的样子。老百姓之所以排着长队申请证件、执照、牌照等，是在遵守国家的规章制度，请你们也遵守国家的规章制度，按程序办事。

请个别敬业精神有待提高的公务员明白：瞧不起群众，就是脱离群众的开始。其实，公务员本身也是群众的一部分。作为普通老百姓，我们明白，家家有本难念的经，所以，我们能够谅解你们偶尔服务态度不好。总之，理解万岁，我对祖国未来的美好期待是一成不变的。

我自身爱国主义情怀的形成，或者说，我从内心真正理解什么是爱国，源自我在国外学习、生活、工作的经历，我体会到了一些潜移默化的爱国主义教育、感受到了爱国主义热情。这一切让我明白了：什么是集体主义精神的最高境界；什么是真正的国民；什么是真正的爱国；什么是对国家的忠诚！正因如此，我认为，身为一个国民，其责任之一就是爱国、爱民！

坦白地说，自己小时候在国内所接受的爱国主义教育所起的作用是有限的。根本原因在于，自己那时所掌握的知识是有限的，**没有综合分析事物的能力**。即使在我成年后，每当遇到新生事物时，我的思想就会摇摆不定，也有过多年盲目崇拜的经历，找不到自己，很是郁闷~

小结：

- 真正能够让人成熟起来的是知识而不是年纪！
- 真正能够让国民具备坚定的爱国信念的途径是：让国民具备丰富的、全面的知识，让国民能够“间接”地找到自己与国家的关系应该是什么样的，而不仅仅是国家政府将答案“直接”地“告诉”国民。

做强民，不做刁民

我眼中的强民、刁民

我坚信：中国肯定会富强起来，时间会证明这一点！但我告诫自己：

国富、国强造就的是强民而不是刁民。因为我看到的、学到的、接触过的绝大多数发达国家的老百姓是强民而不是刁民。

我认为，强民是指：对己而言，在生活的各个方面都能够积极、正面地汲取延续生命和积累财产所需要的知识和技能的人；对他人而言，在生活的各个方面都能够主动分享自己的“实力”和具有强烈集体主义精神的人。顺便问一句：明白什么是 community 吗？

我认为，刁民是：……算了，我的家人和出版社都反对我得罪人，在这里就省省，不解释了吧～

造就强民的条件

- 生活在现代化社会。
- 拥有现代化家庭。
- 接受过现代化教育。
- 成长在现代化的文明社会。
- 具有现代化实用技能。
- 有能力学习、借鉴历史。
- 既可以做到我为人人，也可以实现人人为我。

本章小结

这一章不是在喊口号，不是在拍国家的马屁。对我而言，爱国的确是一个非常现实的问题，是一个我自己必须明确的问题。以各国的发展史为证,只有“大家”开始兴旺,小家才有机会受益；但是,如果“大家”开始衰败，小家必定遭殃！

总之，我爱国，我希望中国越来越好！

第十二章

富人的责任

——重于泰山

钱的黑洞式循环概念

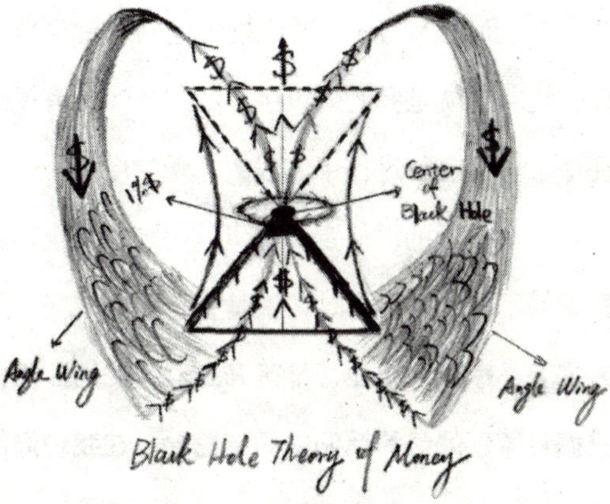

钱的黑洞式循环图

上面的这个图，是我绘制的有关“钱”的循环过程，图的中间底部是一个实体三角形，象征着全世界公认的、金字塔式的钱的“聚敛”过程；实体三角形的上面是一个虚拟的、对称的倒三角形，象征着一个倒着的、公认的、金字塔式的钱的“分配”过程。在两个三角形相交的地方是一个黑点，代表着一个不断运转着的黑洞，这个黑洞的作用就是把实体三角形一边的钱吸收到虚拟三角形一边。实体三角形是黑洞的正面，虚拟三角形是黑洞的反面。图形两侧是天使的翅膀，也就是掌管大部分钱的少数人所建立的，用来有序输送、分配、再利用钱的过程。把钱分配给中产阶级和社会底层的人就像天使，所以我用天使的翅膀来定义。图中所有的箭头代表钱在社会中的聚敛和分配的动向。

自从有了钱的概念，人们对拥有钱的渴望就在无限制地膨胀，这种渴望就是一个从不停止运行的黑洞，而且它成就了“物竞天择，适者生存”的概念。黑洞总是源源不断地通过各种竞争法则把大部分钱聚集到“少数人”的手中，而在黑洞的反面又恰恰是同一批少数人控制着钱的分配和再循环系统。这就是我们赖以生存的和“钱”有关的现实社会。

至于，在这个黑洞运行过程中，钱的总量的增加和减少就不做任何解释了；是不是物理学里的惯性定律也可以用来解释全球金融市场的运行方式也不做解释了。因为我不是很清楚，确切地讲，我对此没有兴趣。

一个人、家庭、家族、企业、地区乃至国家的财富再多也是相对有限的，那么根据我原创的钱的黑洞式循环概念，在我们周围有多少人想过下面这些问题：

（1）当大部分有限的财富聚集到少数的个人、家庭、家族、企业、地区乃至国家手中的时候，意味着什么？

（2）这是否意味着大部分人民对社会乃至国家发展过程中的“责任、义务、权利、矛盾、挑战、重担、风险、竞争对象”等“副作用”也分毫不差地一并转嫁到他们的身上了？

（3）有多少财富实际拥有者能够意识到，在他们聚敛财富的同时，也分毫不差地把大部分人民对社会乃至国家在发展过程中的“责任、义务、权利、矛盾、挑战、重担、风险、竞争对象”等“副作用”照单全扛下来了，集中到了一起？

（4）有多少人明白，在聚敛财富的过程中，“取其精华，去其糟粕”这句话是行不通的？实际财富拥有者没有可能，也没有机会只选择永远享受财富带来的益处，而逃避财富带来的“副作用”。换句话说，有多少富人明白，没有能力面对财富带来的“副作用”的代价就是“富不过二、富不过三代”？

如果意识不到财富自身固有的副作用，那么接下来会有什么事情降落在这些少数人的头上？鸟屎？没那么简单吧！让我好好利用这个机会“吓唬吓唬”你们。

（1）自从有历史记载的那一天起直到地球灭亡，为富不仁的结果都不会改变。别担心，我不“仇富”，我肯在这里为“少数的富人”和有计划成为“少数人”的人们提供信息就足以说明我不“仇富”，且不说我还是一名守法公民。

（2）当您掌控着几个人、几十个人、几百人甚至是几十万人的生活来源时，如果因为您的失败，突然间使得他们失去了生活的来源，在法律方面、情理方面会发生什么？如果您掌握的是整个地区的人民的生活来源，那么又会发生什么呢？

（3）延续第（2）条，来点正面的，当少数人掌控着很多人的生活来源时，国家的生活来源也指望着少数人的头脑，国家的兴衰、发展策略也要依仗少数人的实力，甚至世界的发展、稳定与和平都要仰仗少数人所发出的正能量来运行。这批金字塔顶端的少数人是否都能意识到这一点？

（4）如果您的后代在您辉煌的时候，生活得像皇室成员一样，您可曾想到，当您衰败的时候，他们的生活会是怎样的？有句话叫“生不如去”，信不信在不远的将来，会有不少中国的“小皇帝”享受这种感觉？说真的，我已经享受过类似的感觉，确实不好受。

（5）在您聚敛财富的时代里所积累的“矛盾”，会不会成为让您引以为豪的“庞大”的遗产的一部分？如果会，在你后代身上又会发生什么？别忘了，在自己的遗嘱中写上“加倍小心”这几个字，因为社会上有很多人可能祖祖辈辈都会“挂念”着您的财富。

（6）根据本书第三章中的“70减半定律”，您认为单纯地把钱放在银行里会让您的钱升值吗？如果您没有能力管理自己的财富，而我有，我是不是应该“主动”把您的财富“拿过来”管理？我的“主动”是不是一种爱国的表现？是不是对劳苦大众负责任的表现？

（7）任何财富都是有限的，对于少数的财富拥有者而言，您的财富多了，是不是就等于他的少了？这种财富聚敛不均的现象是不是说不大过去呀？那么，接下来会发生什么？富可敌国的企业又会面临什么？将遭遇什么？您的竞争对手，在什么情况下才肯放过您？

尊敬的中国富人们，在中国将要完全与世界接轨的时代里，希望你们真的能够静下心来想一想：

你们对国家、社会的责任是什么？

你们对国家、社会的义务有哪些？

你们通过自己的努力从国家、社会和人民手中得到的权利应该怎样行使？当你们有能力取代一部分政府部门的工作职能的时候，你们会感到荣耀多一点，还是不安多一点？

你们所面对的真正的挑战是什么？

你们应该为自己、为人民、为社会、为国家承担的风险有哪些？

国家、社会、人民是不是你们的竞争对手？在聚敛财富的道路上，有没有必要伤害国家、社会和人民的利益？

在你们达到“富可敌国”的境界时，请千万不要让中国人民感到这个词里的“国”是指自己的祖国——中国！

如果认为我侃得有点道理，请继续读，下面的问题是针对普通老百姓的。

（1）我们应不应该从心底里“敬畏”那些有能力、有实力聚敛财富的人们？为什么？

（2）我们应不应该协助对社会有责任心的巨富们，使他们的业绩更上一层楼？

（3）猜一猜为什么我从心底里“敬畏”那些有能力、有实力的富人？

（4）猜一猜我会不会从心底里“惦记”那些没能力、没实力的富二代、富三代家里的财富？

（5）猜一猜我会不会变成老外？顺便分享两个英文词组：喂养小白脸的人被称作 sugar mom，喂养小三的人是 sugar daddy。

（6）同不同意我们普通百姓可以让人“富起来”也可以让人“覆下去”？

（7）如果您是中产阶级或社会底层，您是否想到您的有限的财产也是伴随着相应的“副作用”的？

（8）如果您有机会掌握大量的财富和资源，您会怎样理解和运用自己的财富？您对“副作用”的理解还有哪些？

我认为，在发达国家里的富人能够“长期”掌握大量财富的原因包括以下两点：第一，他们对财富带来的“副作用”的学习、理解和应对的方式、方法已经达到了非常娴熟的境界；第二，因为他们的头脑、实力、实干精神等条件能够真正满足合理有效地管理自身资源的要求，从而可以创造比竞争对手更多的利润，在竞争中胜出。在很多时候，真的是实力讲话，“钱”说了不算。

想了解西方的巨富是怎样炼成的吗？

想了解西方的巨富的价值观、人生观和世界观吗？

想了解西方的巨富在面临“富不过三代”问题时的对策吗？

想了解西方的巨富和他们的家族成员们在功成名就后都做些什么吗？

想了解财富给财富的所有者带来的“副作用”还有哪些吗？

想为成为巨富提前做些心理准备吗？

推荐给读者几本书：

Grove Press 于 2010 年出版的 Ron Chernow 的著作：The House of

Morgan-An American Banking Dynasty and the Rise of Modern Finance(《豪门 Morgan——一个美国银行王朝和现代金融的崛起》)。

Random House，Inc. 于 2006 年出版的 David Cannadine 的著作：Mellon：An American Life(《Mellon：美国式的人生》)。

Harper Collins Publishers 于 2005 年出版的 Irwin Unger 和 Debi Unger 的著作：The Guggenheim-A Family History(《Guggenheims 的家族史》)。

Random House，Inc. 于 2004 年出版的 Ron Chernow 的著作：Titan-The Life of John D. Rockefeller，SR.(《巨人——John D. Rockefeller，SR. 的一生》)。

Random House，Inc. 于 1994 年出版的 Ron Chernow 的著作：The Warburgs-The Twentieth-Century Odyssey of A Remarkable Jewish Family(《Warburgs 家族——一个非凡的犹太家族在二十世纪里的大冒险》)。

Harper and Brothers 于 1911 年出版的 William Graham Summer 的著作：What Social Classes Owe to Each Other(《社会阶层之间的亏欠》)。

John Wiley & Sons，Ltd 于 2006 年出版的 David Maude 的著作：Global Private Banking and Wealth Management(《全球私人银行和理财管理》)。

在看完这些书后，我非常想知道：

(1)您现在还想立志成为巨富吗？

(2)如果您就是巨富，您有没有一种现在就撂挑子不干的欲望？

（3）您接受“钱是万能的”这个概念对于发达国家的富人来说，是不是早就不成立了？

（4）您明白为什么有些发达国家的巨富要弃商从政吗？从政的决定是不是来源于一种对财富、对国家的责任感？

（5）全球富人阶层的共同语言是什么？

（6）全球富人阶层的人生观、价值观、世界观是什么？

第十三章

精英库

——纯属虚构

成立精英库的初衷

精英库是一个在 2000 年由 X 团队倡议成立的全球性的私人俱乐部。它的总部设在 Y 国的一处山清水秀、人迹罕至的地方。俱乐部的主要宗旨是：帮助有需要的、资产在 6.66 亿以上的家族企业的接班人进行为期 4 个月的强化培训。培训的目标是：使会员们能够从思想上达到国际水平，能够为己、为民、为国、为世界创造财富，并具备财富管理者的良好心态。

成立精英库私人俱乐部的最初原因是，X 团队经过长期调查研究发现：在各类财富、资源极度集中的今天，世界上有一大批财富持有者，不具备与管理自身资产相匹配的、实用的、综合的知识和经验，尤其是在当今全球各国产业转型升级不断加速和各国之间不断相互开放、通商的前提下，为了防止这批财富拥有者的家族成员或家族接班人，在不远的将来出现在财富经营管理方面的严重的失职，而导致不计其数的劳苦大众受到如失业、失去家庭收入来源、离异、弃子、患各种疾病、社会动荡等的负面影响，X团队决定为全世界有需要的家族企业提供一个精英培训项目，项目的全称是**精英库短期强化培训班**，以下简称精英库培训项目。对于参加该项目过关的学员，精英库X团队会正式接受他们成为终身会员，成为X团队的一份子。

精英库培训项目开始的前期工作：招收学员，进行培训。

精英库培训项目结束后的工作：授予项目培训过关的学员精英库终身会员资格，赠送一个价值150万的**精英库终身会员电子书房**。

精英库终身会员家属所享有的待遇包括：根据**精英库短期强化培训课程简介**，按照性别和年龄设计的幼年（初级）、成年（中级）和老年（高级）的培训及相应服务。

X团队核心成员的结构特点

管理层：由资深的历史学家、企业家、退役特种兵、律师、心理学家、医学专家、经济学家、社会学专家、政治家组成。

讲师和教练团队：大学教授、退役特种兵、退休警察、医生、律师、工程师、企业家、心理学家、退休公务员。

其他行政人员：接受过俱乐部内部培训的人。

团队成员的国籍背景：不限。

讲师和教练团队成员的语言技能：双语（英语 +GDP 排名在世界前 40 位的任何一个国家的官方语言）。

精英库终身会员的戒律

（1）保持绝对的忠诚。

（2）保持绝对的团结。

（3）保持绝对的互信。

（4）保持绝对的和谐。

精英库会员手册会有更详尽的有关四条戒律的定义及违犯戒律的惩罚条款。

精英库培训项目课程简介

精英库短期强化培训课程简介			
授课方式：理论与实践	学费1 200 000	学制120天	共36个科目
1. 世界行业简介与发展		7. 世界文艺常识	
2. 世界地理、自然资源常识		8. 世界农业常识	
3. 世界乐理常识		9. 世界法律常识	
4. 世界宗教常识		10. 统计学	
5. 世界著名企业、家族、组织常识		11. 商业哲学	
6. 世界饮食常识		12. 小型武器的使用与维护	

续表

精英库短期强化培训课程简介			
授课方式：理论与实践	学费1 200 000	学制120天	共36个科目
13. 医药常识		25. 航海常识	
14. 常用工具常识		26. 物理学常识	
15. 矩阵组织学		27. 战争与和平	
16. 工程学常识		28. 保险公司常识	
17. 世界各国的日历常识		29. 银行常识	
18. 安保与通讯常识		30. 政府职能与管理	
19. 管理学常识		31. 毒品、药物常识	
20. 建筑学常识		32. 自律与惩戒原则	
21. 商战种类与策略		33. 兽性与极限	
22. 心理、生理健康		34. 交流、辩论与谈判技巧	
23. 数学与算数常识		35. 散打与格斗	
24. 航空常识		36. 家庭关系学	
备注：精英库培训结业考核为期3天，是对36个科目的综合性考核，成绩分为优、良、差三等。			

各科课程所解决的问题

1. 世界行业简介与发展

- 什么是行业?
- 行业在形成、发展、壮大、衰败过程中的特点。
- 发达国家核心行业的建立与发展历程。

2. 世界地理、自然资源常识

- 世界各国的地理位置，包括领土、领海、领空。
- 世界各国主要自然资源的拥有量及其世界地位。

3. 世界乐理常识

- 世界主流乐器的历史与简介。
- 五线谱常识。
- G20 成员的主流音乐及活动简介。

4. 世界宗教常识

- 宗教的意义与价值。
- 世界教徒最多的前 10 种宗教简介。
- 宗教内部的运作与管理基础。

5. 世界著名企业、家族、组织常识

- 什么是家族史、家族式管理的利与弊；
- G20 成员国内的著名企业、家族企业简介。

6. 世界饮食常识

- 世界主要国家的食品、饮品的简介。

- 世界主要国家的饮食礼节、习惯。

7. 世界文艺常识

- 世界主流雕塑、绘画、雕刻简史。
- 世界主流文学简史与作者简介。
- G20 成员的国家博物馆及藏品简介。

8. 世界农业常识

- 主要经济作物的培育、耕种与收割。
- G8 成员的农业技术简介。
- 世界排名前 10 位的农业企业简介。
- 中国的 24 节气与农业的关系。

9. 世界法律常识

- 世界主要法律体系简史。
- G20 成员对法律的定义、制定及各级诉讼的常识与简介。
- 中国对法律的定义、制定及各级诉讼常识与简介。

英国的一位政治家曾经说过，如果我可以了解一个国家的法律，我就可以告诉您这个国家人民的生存现状。The Earl of Chatham，England’s great statesman，once said，“Show me the laws of a country and I will show you the condition of its people". 这句话是此课程的核心思想。

10. 统计学

- 统计学基础。
- 什么是调查研究。
- 统计学与调查研究的关系。

11. 商业哲学

- 什么是商业。
- 什么是哲学。
- 什么是商业哲学及范例。

12. 小型武器的使用与维护

- 手枪、步枪的使用与维护。
- 刀具的使用与维护。
- 野营、打猎常识与实践。

13. 医药常识

- 世界排名前 10 位的制药公司简介。
- 药物分类与常识。

- 西欧与北美洲的药物研发常识与简介。
- 人体各器官功能简介。
- 常见疾病的诊断与预防。

14. 常用工具常识

- 家庭装修所用到的与电工、木工、瓦工、腻子工相关的工具的使用常识。
- 简单的汽车、摩托车、小型游艇、小型飞机的维护工具使用常识。

15. 矩阵组织学

- 什么是矩阵。
- 矩阵与管理。
- 矩阵在国家政府、企业、集体、家庭等运转过程中的作用。
- 矩阵与4+1支柱性行业（法律、行政、金融、医疗、科研）的关系。

课程教学目的

通过对几个核心矩阵的学习和理解，让学员们达到对整个人类社会的运行与管理框架一通百通的境界。

人类社会的横向构成矩阵

步骤一：法律体制。

每个国家都有：军法、人力资源法、企业法、银行法、劳动法、卫生法、合同法、税法、会计法、刑法等。

步骤二：法律系统。

每个国家都有：安全系统、人力资源系统、金融系统、劳动保障系统、医疗系统、税务系统、公安系统等。

步骤三：执行法律的框架。

每个国家有：一把手、财政部、人力资源部、公安部、卫生部、外交部、商务部；

每个省份有：省　长、财政厅、人力资源厅、公安厅、卫生厅、外事厅、商务厅；

每个城市有：市　长、财政局、人　事　局、公安局、卫生局、外事办、商务局；

每个学校有：校　长、财务科、人　事　科、保安科、医务室、外事科、招生办；

每个单位有：老　板、财务科、人　事　科、保安科、医务室、外事科、销售科；

每个社区有：区　长、财务科、人　事　科、派出所、诊　所、居委会；

每个家庭有：长　辈、小　辈。

步骤四：法律系统的执行者。

每个国家有：人、　人、　人、　人、　人、　人、　人；

每个省份有：人、　人、　人、　人、　人、　人、　人；

每个城市有：人、　人、　人、　人、　人、　人、　人；

每个学校有：人、　人、　人、　人、　人、　人、　人；

每个单位有：人、　人、　人、　人、　人、　人、　人；

每个社区有：人、　人、　人、　人、　人、　人、　人；

每个家庭有：人、　人。

◆ 人类社会的纵向构成矩阵

步骤五：信息资源集合矩阵——**服务业矩阵**（源于法律系统）

服务业矩阵是将安保服务、会计服务、保险服务、银行服务、医疗服务、科研服务等服务业完全渗透到步骤三的所有的组织形式，为提高各种组织的运行效率从纵向提供更细致、更专业、更稳定、更全面的运行机制。

步骤六：横向、纵向矩阵集合的目的

人类社会的构成与管理框架是通过多个矩阵建立起来的一个立体式魔方。这个魔方的任何环节都是相互联系、相互制约的。简言之，整个人类社会构成与管理的稳定、发展、进步、完善是建立在这个魔方的良性运转基础上的。

如果学员有能力将横向、纵向矩阵结合起来看世界，那么矩阵组织学中的一通百通的目的就达到了。世界在学员眼中将会变得渺小，学员自身宇宙观的形成就有了基础。

16. 工程学常识

- 什么是工程。
- 工程的设计与管理简介。

17. 世界各国的日历常识

- 阴历、阳历和其他日历常识（含星象学）。

18. 安保与通讯常识

- 个人、家庭、企业、社会的安保与通讯。

19. 管理学常识

- 人事、财会、市场、生产、销售的管理。

20. 建筑学常识

- 小型房屋建造与维护。

21. 商战种类与策略

- 什么是竞争？什么是策略？什么是商战？
- 企业壮大、衰败、兼并、合并的实例与简史。

22. 心理、生理健康

- 什么是心理健康？
- 什么是生理健康？
- 什么是康复？什么是死亡？人体各器官死亡的过程是怎样的？
- 怎样保持健康？

23. 数学与算数常识

- 高中数学基础常识。

- 高中算数基础常识。

24. 航空常识

- 世界航空史、全球航空管理与运作简介。
- 世界排名前10位的商业飞行器制造公司的简介。
- 航空图理论与实践。
- 学习驾驶小型飞行工具。

25. 航海常识

- 世界航海史、全球航海管理与运作简介。
- 世界排名前10位的商业水上工具制造公司的简介。
- 航海图理论与实践。
- 学习驾驶小型水上工具。

26. 物理学常识

- 惯性定律。
- 日常生活中的物理学原理。

27. 战争与和平

- 什么是战争、战争经济学。
- 什么是和平、和平经济学。

- 战争与和平的关系。

28. 保险公司常识

- 世界主要保险公司简史。
- 保险公司的种类与产品。
- 保险公司的管理与运作。
- 保险公司在国民经济中的地位与作用。

29. 银行常识

- 什么是钱？钱在国民经济中的运作方式。
- 世界主要银行简史。
- 银行的种类与产品。
- 银行的管理与运作。
- 银行在国民经济中的地位与作用。

30. 政府职能与管理

- 什么是国民？什么是政府？国民与政府的关系是什么？
- 政府的组织构架与管理。
- 各级政府的财政预算与管理基础。

31. 毒品、药物常识

- 全球毒品、非法药物简介。

- 全球毒品、非法药物危害。

32. 自律与惩戒原则

- 人的自律与惩戒原则。
- 系统化管理简介。

33. 兽性与极限

- 人自身的兽性简介。
- 人体各方面功能的极限简介。

34. 交流、辩论与谈判技巧

- 什么是交流艺术？什么是辩论艺术？
- 谈判艺术与技巧。

35. 散打与格斗

- 军训。
- 自由搏击。
- 力量、体能锻炼。

36. 家庭关系学

- 什么是男人？什么是女人？什么是家庭？

- 家庭内部关系的认知与管理。
- 遗嘱的制定与执行。

精英库短期强化培训项目已持续了十几年，很精彩！精英库的终身会员遍布世界各地，他们渐渐成长为全球精英阶级中不可忽视的一股力量。虽然他们在各行各业的影响力非同寻常，但是每一个会员都始终在不折不扣地遵守着当年加入精英库的戒律；都在通过自己的实干精神，不断地向世人展示着什么是对自己、对社会**实用的**价值观、人生观、世界观；不断地向世人展示着什么样的生活方式才能让人类真正达到不枉此生的境界。

在他们通过自己的实际行动不断地为世界作贡献的同时，他们的事例也被精英库俱乐部记录下来，整理成宝贵的档案资料，永久地保存着。

会员的事迹有很多，很前卫，也很精彩！

读完此章后，留给读者几个问题

（1）如果这是一个切实可行的培训计划，您是否认为这个计划同样适用于除家族企业以外的其他大企业的高层管理人员？

（2）X 团队的管理层有没有可能只是一台多功能的机器或者一个机器人？

（3）如果有人说：在战乱时期，企业适合在国有制的框架下运营；在和平时期,企业适合在私有制的框架下运营。您会怎样看待这个观点？您认为这个人看待这两种制度的着眼点在哪里？为什么？

（4）以上三个问题有没有内在联系？如果有，是什么？

第十四章

未来的世界

——未来是“干”出来的

我所说的未来是推断出来的，不是凭空想象出来的。

未来的世界

公元 3000 年，地球人完全进化到了四极分化的地步。地球总人口大量减少，数量只相当于今天的一小部分，而他们中的大部分会变得懒惰、四肢功能下降、脑功能降低、反应迟钝等。从今天的角度来看，地球人是在退化而不是进化，但是从发展的角度来考虑，这是优胜劣汰进化过程的必然结果。未来只有极少数人类会进化成极度精明强干的中坚分子，他们是智慧、力量和传统美的结合体。

1000年后地球上的四大阶级

第一阶级是由中坚分子担当的领导阶级，也可理解为高等人类。

第二阶级是劳动阶级，这个阶级里没有人类，它们都是机器人，各式各样的机器人。

第三阶级是替补阶级，由**工程师**或者中等人类组成。

第四阶级是平民阶级，他们的前身大部分都属于今天的劳苦大众。

四大阶级的职责

领导阶级是一个纯脑力劳动的阶级，他们的使命就是通过全方位地管理、控制、驾驭劳动阶级来有效维护地球上一切事物的正常运转。

劳动阶级的职责就是无条件地执行人类的命令。

替补阶级是第一、第二阶级的后备力量，他们的使命可以用以下几点来概括。

- 维护万事稳定发展的最后屏障，在劳动阶级出现问题的时候可以履行他们的职能、职责。
- 作为各行各业的工程师，负责各种各样的研发和创新。
- 做一些机器人也无法完成的工作。
- 通过竞争，晋升到高等人类。

平民阶级对地球的贡献微乎其微，可以忽略不计。他们未来的生活处在衣食无忧、与世无争的环境中。

为什么我会这样想

纵观全世界的人类发展史，人类创建各种法律、法规、规章、制度、办法等一系列准则的根本原因就是，人类早在几千年前就把自己定义为不稳定因素。不稳定因素的正面价值包括劳有所得、尽忠职守、精明强干和克己奉公等；而负面影响包括贪得无厌、偷鸡摸狗、烧杀掳掠和无恶不作等。

总之，人类为了将自身不稳定因素中的创造力提升到最高点，而把自身的破坏力降到最低点，才不得不夜以继日地通过各种途径来研究、制定和建立各种行为准则。

通过了各种科学化方式、方法的筛选，高等人类最终成为制定、执行这些行为准则和维护人类文明的最高执行者。同其他等级的人类相比较，他们是人类中集体力、脑力和传统美于一体的最佳结合体。

以下是我认为的，全世界各国正在尽全力实现的趋势，也是不可阻挡的历史进程：**纯人类劳动力 => 半自动化 => 全自动化 => 智能半自动化 => 全智能自动化 => 机器人。**

人类不断发展进步的过程，也是一个不断发现自身不足和缺陷的过程。在科学技术如此发达的今天和不断进步的明天，劳动阶级的终极发展目标，即具备自动化、机械化、高效率、低风险、低投入、高产出等特质，终将成为现实。这个现实是人类进步的表现，是令人激动的，但同时也是残酷的。因为这个终极发展目标在未来的表现形式很可能就是以机器人来完全取代当今的劳动阶级，或者说它们将是劳动阶级的最佳替代品。这样一来，劳动阶级自身固有的不稳定因素所带来的负面影响就会得到有效的控制，而今天的劳动阶级发挥其正面价值的用武之地将会被过渡给替补阶级。在我看来，未来的机器人在社会中的地位，同今天的电脑和互联网一样，是无可匹敌的。

替补阶级的前身就是当今以技术为生的、受过高等教育的劳动者。同今天一样，他们在未来人类社会中的地位没有变化。在漫长的产业升级过程中，替补阶级的首要职责会逐渐地被归拢到对各种各样机器人的研发、创新、制造和维护方面。今天人们所理解的富有、中产或是贫穷已不再是用来衡量未来替补阶级的生活标准。他们的奋斗目标除了完成工作任务和享受生活以外，就是通过自身的努力晋升到高等人类级别。

平民阶级是1000年后一群等待自生自灭的人类，他们的数量在不断下降，但却还会占到未来人类总人口的大部分。由于未来人类总体的文明和智慧的结晶可以毫不费力地承担起平民阶级的生存、生活所需，所以即使平民阶级是对人类文明进化几乎不再有任何贡献的“纯”索取者，他们也没有被直接地“消灭”掉，而是以今天人类所推崇的“人性化”生存方式被无偿地保护着。

答　疑

1. 为什么人口数量会在科技发达、文明进步的将来锐减

原因有很多，按照现阶段世界各国的发展规律和常识，我推断出这

个结论的步骤如下。

◆ 宏观方面

- 大部分发达国家或地区的生产力与人口生育率之间的供求关系是成反比的。科技越是发达、文明越是进步，对以人力为基础的生产力的需求就越低。机械化、自动化的生产模式已经在很多方面完全取代了以人力为基础的劳动生产模式，所以发达国家的人民在意识到这层供求关系的时候，再加上其他多方面理性的考虑，便不再盲目地、过多地繁衍后代，即使对脑力劳动者的总体需求在发达国家间呈上升趋势。
- 发展中国家或地区的生产力与人口生育率之间的供求关系是成正比的。因为在这些国家或地区的大部分生产都是依靠人力来完成的，即人口越多，劳动力越多，生产力越大，人口数量的多少决定了劳动力的多少，同时也决定了发展中国家或地区的发展能力和进度。几十年前的中国就是这样的。
- 很多国家或地区的生产力与人口生育率之间的供求关系是相似的。比如，很多发达城市人口生育率呈逐年递减的趋势，而发展中城市的人口生育率则呈逐年递增趋势，城市和农村的总人口生育率可以证明这种情况。请注意，我用的是人口生育率，这和总人口数量是两回事，因为人口是按需求在全球流动着的，哪里有需求，人就会迁移到哪里，但这之后的生育率却是另外一个问题。

- 即使发达国家实行鼓励人口增长的政策，也不会改变未来地球总人口下降的趋势。换句话说，鼓励人口增长的政策同人类共同的在科技和文明方面的发展策略是相矛盾的。

微观方面

根据前文提到的矩阵理念来解释现代社会主要职业的构成。

每个国家有：一把手、财政部、人力资源部、公安部、卫生部、外交部、商务部；

每个省份有：省　长、财政厅、人力资源厅、公安厅、卫生厅、外事厅、商务厅；

每个城市有：市　长、财政局、人　事　局、公安局、卫生局、外事办、商务局；

每个学校有：校　长、财务科、人　事　科、保安科、医务室、外事科、招生办；

每个单位有：老　板、财务科、人　事　科、保安科、医务室、外事科、销售科；

每个社区有：区　长、财务科、人　事　科、派出所、诊　所、居委会等；

每个家庭有：长　辈、小　辈。

仔细看一下，除了同这些职位相关的、由最高级别的人类来担任的管理职位以外，还有哪一些职位在未来不会消失或是不可以被软件或硬件系统所取代？进一步来说，比如下列职业：会计、医生、护士、警察、城管、播音员、主持人、保安、服务员、收款员、银行客户经理、保险客户经理、矿工、园丁、环卫工人、歌手、乐手、农民、牧民、渔民、导游、律师、教师、秘书、翻译、船长、舰长、艇长、机长、汽车司机、电话销售员、电脑程序员、画家、作家、裁缝、摄影师、制片、木匠、铁匠。从事过或正在从事以上这些职业的人口占世界成

年人口的 **90%** 以上，而这些职业在科技高度发达的未来，是否还能保留一席之地？答案应该是显而易见的。当然，未来肯定会有各种新工种源源不断地出现，但是我很难想象，未来的新工种对人类数量的依赖会像现在这样。

2. 为什么各类工程师会成为未来人类发展的生力军

维基百科对工程师作出了以下中英文定义。

工程师（engineer）是指那些在工程专业领域的，通过使用科学知识来驾驭技术以解决实际问题，并以此为职业的人。

工程师和科学家（scientists）往往容易混淆，科学家努力探索大自然，以便发现一般性法则（general principles），工程师则遵照此既定法则，从数学和科学方面解决技术问题。科学家探索世界以发现普遍法则，但工程师使用普遍法则来设计实际物品。科学家研究东西，工程师建立东西，这一想法，还可以表达成这句话，“科学家们问为什么，工程师们问为什么不能”。

An engineer is a **professional** practitioner of engineering，concerned with applying **scientific knowledge**，mathematics，and **ingenuity** to develop solutions for technical，societal and commercial problems. Engineers design materials，structures，and systems while considering the limitations imposed by practicality，regulation，safety，and cost. The word engineer is derived from the **Latin** roots ingeniare（“to contrive，devise”）and ingenium（“cleverness”）. 中文意思是：工程师就是以驾驭工程技术

为职业的人员，工程师的核心作用是通过科学知识、数学和独创性为科技、社会和商业提供和创造解决问题的途径。工程师可以在设计各种（新型）材料、各种构成方式、各种系统的同时，有效地满足来自实用性、规则性、安全性和研发成本方面的苛刻要求。工程师这个词来源于拉丁语 ingeniare（发明、设计）和 ingenium（聪明的）。

The work of engineers forms the link between scientific discoveries and their subsequent applications to human needs and quality of life. 中文意思是：工程师是将科学发现和有效利用科学发现带来的产物之间连接起来的纽带，这个纽带的最终目的是满足高质量的人类生活和需求。

工程师大体包括航天工程师、化学工程师、农业工程师、土木工程师、电器工程师、工业工程师、材料工程师、机械工程师、结构工程师、系统工程师、环境工程师、遗传工程师、核能工程师。每一类工程师又具体分为很多小类，这些类别几乎涉及人类社会发展的全部行业。

因此可以推出：从无形到有形的任何东西都需要工程师的参与，比如，工程师可以设计机器人、制造机器人、升级机器人、维护机器人，即使未来的机器人可以有像人类一样的大脑和智慧，这也需要一个过程，而能够完成这个过程的人就是工程师。在“全智能自动化”生产、服务体系建成之前，各类工程师将会是这个过程中无可非议的中坚力量。

> 人生中有很多重要的概念需要明白，我相信“工程师”这个概念是非常有价值的。

本章小结

宏观方面

在科技高度发达、文明高度进步的未来，人口数量将呈递减趋势，机器人终将取代人类。

人类会在地球灭亡之前消失，如果以中国改革开放后科技发展的速度和科技成果给社会带来的变化的现实进度作为标尺，很可能要不了很长时间，整个地球就可以发展到我想象中的未来那样。所以，不必杞人忧天地担心地球上的资源耗尽以后人类会怎样，国与国之间也不必为了一己私利去争得头破血流。

按照现行国际上通用的文明发展进化模式和系统，人类终将在地球寿终正寝之前灭绝，除非人类在全面实现“全智能自动化”之前，能够做到“星际移民”。这也许是经营移民公司的最高境界。

微观方面

未来制造机器人的材料

未来会出现多种现在市面上见不到的新能源、新材料。今天我们所知道的用金属制成的机器人的数量在未来只会占到一小部分。

未来机器人的作用和种类

- 在医学方面没有治不了的疾病，不再有残疾人这个概念，人类突发病的几率将为零。人眼看不到的各式各样的纳米机器人或者更微小的机器人在不断维护着每一个人的健康，同时还存在其他类型的更微小的机器人，如自动运转、维护纳米机器人的机器人。
- 人类的创造力会得到升华。极其微小的、用新型材料制成的机器人可以让人类更加充分地利用自己的大脑，将人类的创造力提升到现在的千百倍。
- 娱乐出现新概念、新境界。各式各样的机器人和它们的作用可以让人类自身各种感官的舒适度升华到极点。这种舒适度是今天的人类所无法想象的。
- 气候可以永久保持“风调雨顺”。未来的机器人可以按照实际需求随意改变气候，降雨、降雪。假设人工降雨可以安排在每个周末，那么长期生活在这种“安排好的自然环境”中的老百姓会不会有一种“风调雨顺”的感觉？如果上面的这个假设成立，那么未来全心全意为人类服务的机器人会不会做得更好？
- 地球上的动物、植物被完全地掌控。各种机器人可以控制、辅助一切动植物的生长，可以复活、复制、移植、保护任何对自然有益的动植物。
- 机器人发现和带回外星生物。与此同时，我想给为航空事业作贡献的科学家们一个普通人的忠告：我坚信早晚有一天，人类会发现外星生命，但是在把它们往回带的途中，请确保不会把致命病菌带回来，任何一种生命，只要它存在，它的生命力就是顽强的！人类的起源依旧是个谜，依旧有很多可能性，其中一条就是我们是通过基因变异形成的，而促成基因变异的条件中“外太空的病毒、病菌”是否起过催化作用，任何一位科学家都还没有办法完全否认。人类飞得越远，被感染的几率就越大，千万小心，外太空可能也有流感。

未来的高等人类

- 可以在短时间内学习和掌握任何一种技能，人体内的机器人可以按照指令给大脑植入任何一种知识和技能。
- 可以自由地飞翔、潜水等。医学科技已经发达到了可以培育任何人类自身固有的器官和肢体，而且在这个基础上，人类还有能力随意培育、移植非人类自身固有的器官、肢体进行自我修复，如鱼的鳃、鸟的翅膀、鹰的眼睛、海豚的超声波系统。
- 可以完全充分发挥预知天灾的能力，可以准确地预测到地震、海啸、雪崩等自然灾害，并且躲避到安全地带。

未来的社会治安

破案率达到100%。是的！未来还会有犯罪，只要有人的地方就会有犯罪，但是每个人从一出生就会被植入各式各样的、维护自身健康的机器人，这个植入过程类似于今天的疫苗接种，所以在人体内植入机器人定位系统将是未来维护社会治安的手段之一。但是，在这里我要问一句：这样做合法吗？

读完本章留给读者几个问题

（1）人类，或者说我们自身，到底想要什么，需要什么？我们存在的意义是什么？在我们的目标都达到的时候，生活应该怎样进行下去？生活能够在没有目标的情况下进行下去吗？题外话：明白真正的穷人和真正的富人对财富的理解是可以用天壤之别来形容的吗？使劲儿想！（这里的财富和"金钱"是脱钩的。）

（2）在未来的社会中，哪一种职业会成为"铁饭碗"？

（3）在未来的社会中，"钱"会不会消失？

（4）在未来的社会中，富人和穷人的金字塔式的社会构成模式会不会倒转？

（5）我所想的这些，是不是真的是因为自己闲得没事干了？

您看到了换位思考和逆向思维的益处了吗？

附 录

很有味道

几个我经常留意的网站

世界禁毒基金会的网站：http ：//www.drugfreeworld.org。

全球最大最全的商业市场调查报告的网站：http ：//www.resarchandmarkets.com。

全球性的学术论文、期刊、书籍的网站：http ：//www.sciencedirect.com、http ：//onlinelibrary.wiley.com。

包括各种合同范本的网站：http ：//contracts.onecle.com。

具有各种商业信息的网站：http ：//www.cnbc.com、http ：//www.reuters.com。

介绍金融市场信息的网站：http ：//www.marketwatch.com。

中文华尔街日报的网站：http ：//www.cn.wsj.com。

中文金融时报的网站：http：//www.ftchinese.com。

新加坡商业时报的网站：http：//businesstimes.com.sg。

美联储的网站：http：//federalreserve.gov。

德意志银行经济研究中心的网站：http：//dbresearch.com。

中国政府主页：http：//www.gov.cn。

如果您的成长、生活和工作环境不是十分美好，请阅读下列读物

（1）Currency Doubleday 于 1963 年出版的原通用汽车老板 Alfred P. Sloan，Jr. 的著作：My Years with General Motors（《我和通用汽车的那些年》）。

（2）Bantam Books 于 1992 年出版的沃尔玛创始人 Sam Walton 的自传：Made in America（《美国制造》）。

（3）Bantam Books 于 2007 年出版的 William Ury 的著作：Getting Past No-Negotiating in Difficult Situations（《怎样过“不”这一关——棘手问题的谈判技巧》）。

（4）John Wiley and Sons，Inc. 于 2001 年出版的 Michael Bloomberg 的自传：Bloomberg by Bloomberg（《布隆伯格自传》）。

（5）Vintage Books 于 1985 年出版的 David Ogilvy 的著作：Ogilvy on Advertising（《Ogilvy 的广告宝典》）。

（6）Douglas & McIntyre Publishers Inc. 于 2009 年出版的 Reynolds，

Lawrence John 的著作：One Hell of A Ride-How Craig Dobbin Built the World's Largest Helicopter Company(《疯狂的一生——Craig Bobbin 怎样打造出世界最大的直升飞机公司》)。

（7）Penguin Canada 于 2010 年出版的四季酒店创始人 Isadore Sharp 的著作：Four Seasons-The Story of a Business Philosophy (《四季酒店——一个商业理念的故事》)。

（8）Bloomberg Press 于 2003 年出版的 James W. Lintott 和 Roger D. Silk 的著作：Creating a Private Foundation-The Essential Guide for Donors and Their Advisers (《怎样捐建基金会——基金会顾问和捐献者指南》)。

如果您的成长、生活和工作环境已十分美好，请阅读下列读物

（1）Penguin Canada 于 2008 年出版的 Philip Slayton 的著作：Lawyers Gone Bad (《律师行业中的败类》)。

（2）Prentice Hall Canada Inc. 于 1995 年出版的 Susan Gittins 的著作：Behind Closed Doors-The Rise and Fall of Canada's Edper Bronfman and Reichmann Empires (《门里面的故事——加拿大 Edper Bronfman 和 Reichmann 商业王朝的崛起和衰败》)。

（3）Broadway Paperbacks 于 2010 年出版的 Patrick Dillon and Carl M. Cannon 的著作：Circle of Greed (《贪婪的轮回》)。

（4）Random House 于 2005 年出版的 Marcia Angell 医生的著作：

The Truth About the Drug Companies（《药物公司的真实面目》)。

（5）Briscoe and Co. 于 1876 年出版的 James L. Denman 的著作：Wine and Its Counterfeits（《真假葡萄酒常识》）。

戒烟后人体的反应

20分钟后

血压降低到正常。

心跳降低到正常。

手和脚的温度上升至正常。

8小时后

血液中的一氧化碳降到正常值。

血液中的氧气含量回归正常。

24小时后

突发心脏病的几率开始降低。

2天后

神经末梢开始重新生长。

嗅觉和味觉的敏感度开始回升。

2—3星期后

血液循化开始回归正常。

走路时气短的感觉减轻。

肺功能上升30%。

1—9个月后

咳嗽、鼻腔阻塞、疲劳感、气短等症状减轻。

肺的自我清洁和防止发炎的功能开始恢复，对痰的处理功能开始提升。身体开始感觉有动力、能量。

1年后

患冠心病的几率降为吸烟者的一半。本书所说的吸烟者是每天吸烟大于等于20支的人。

5年后

肺癌致死率降至吸烟者的一半。

出现血栓的风险是吸烟者的一半。

患有口癌、喉癌、膀胱癌、肾癌、胰腺癌的几率降至吸烟者的一半。

10年后

患肺癌的几率同不吸烟者一样。

癌症前期的细胞会完全被健康细胞取代。

因吸烟患有口癌、喉癌、膀胱癌、肾癌、胰腺癌的几率大大降低。

▌15年后

患冠心病和出现血栓的风险降到同不吸烟者一样。

此部分内容参考了 Centers for Disease Control and Prevention DDHS 于 1990 年发表的文章：The Health Benefits of Smoking Cessation，文章编号：（CDC）90-8416。

伯克希尔

在我看来，伯克希尔能够成功运作的根本原因是：伯克希尔团队的经营理念。伯克希尔已经成功地把自己变成了一个庞大的金融庇护所、一个民族工业的庇护所、一个民族产业的庇护所、一个西方文化的自然保护区、一个西方资本主义精神的圣地、一个可以使西方价值观不断发扬光大的能量中心。

西方接受伯克希尔倡导的商业运作模式，西方相信他的财团的综合实力，西方的民众信赖他，西方的政府支持他。

发展中国家的留学、移民中介公司最不想面对的问题

（1）在过去的 10 年里，每年有多少本国留学生在留学期间遭到

抢劫？

（2）在过去的10年里，每年有多少本国留学生在留学期间被偷过？

（3）在过去的10年里，每年有多少本国留学生在留学期间遭到绑票？

（4）在过去的10年里，每年有多少本国留学生在留学期间出过车祸？

（5）在过去的10年里，每年有多少本国留学生在留学期间看过心理医生？

其实，有多少留学生的**家长**和移民的**亲戚**能够意识到留学、移民中介公司的职员和老板真正能够为他们远在万里之遥的亲戚所做的事情是极其有限的？尤其是在“不怕一万，就怕万一”的情况下，他们能做的事情更是有限的！

（6）在过去的10年里，每年有多少留学、移民中介公司的职员和老板在国内外透露过本不该透露的，有关自己客户的个人、家庭甚至是家族的敏感信息和隐私？留学、移民中介公司在保护客户隐私方面有没有真正切实有效的管理办法？在这些发展中国家间有没有相应的法律来“帮助”这些留学、移民中介公司提高一下服务质量？如果有，执行和监管的人力资源够不够？如果不够，这是不是“增加发展中国家内部就业机会”的合理渠道？

（7）在过去的10年里，有多少本国富人的孩子在国外成为有“暴发户”心理的本国人和外国人的“猎物”？如：商业诈骗、猎婚①。

① 如果您明白什么是猎聘，您就明白什么是猎婚。

（8）在过去的10年里，有多少留学、移民中介公司的职员和老板认为自己在国内十几年间所积累的人脉已经达到了登峰造极，可以在国内为所欲为的地步？

（9）在过去的10年里，总共有多少本国留学生、移民魂断他乡？

（10）留学、移民中介公司到底清不清楚要出国留学、工作、移民的人们具体要在出发前做哪些准备？

（11）留学、移民中介公司有没有提供过相关的培训？如果有，他们的培训到位吗？

这些问题也许对**发展中国家**的留学、移民中介公司来讲很刺耳，但解决这些问题会成为他们“额外的”盈利空间。

我是山东人，讲话一直很山东！

非常感谢您阅读我的书！

请原谅我的直率！

后 记

写作不是我的爱好，也不是我的职业，我不习惯遵照公认的写作套路和礼数来进行写作。如果没有知识产权出版社编辑在文字表达方面给与我的耐心和宝贵的建议，我的这本书可能就是一本充满外星人语言的书，让人难以理解。

我之所以坚持将自己的一些所学、所感直白地记录下来，除了第一本作品《师夷长技以自强——我在加拿大的十二年》和这本《我从西方“龟”来——亓官增明到此一游》中给出的缘由外，还有自己对社会的责任感。

到目前为止，我的人生路确实很有特色，虽然自己没有走得很好，没有做得很出色，但我从内心深处祝愿每一个人都生活得比我好！

Life is limited，Let’s enjoy it！

人生是有限的，让我们一起来尽情享受吧！

亓官增明

青岛

www.visrose.com

www.viscattus.com

送给曾经“浮躁”的我

菩提本无树，
明镜亦非台。
本来无一物，
何处惹尘埃。